U0068011

咖啡廳教你人生

雪倫湖 著

天空數位圖書出版

序

　　咖啡香氣瀰漫的咖啡廳，浪漫、優雅、又怡然自然。然而，在品味咖啡和欣賞音樂的同時，四周可能正在上演人生喜、怒、哀、樂的故事。意想不到的故事、悲歡離合的情節、現實難解的劇情、虛假心機的情誼。人生，總有許多不如意，但從不如意中，學習讓自己更堅強，更茁壯。

　　本書分成四個篇章：

　　第一篇　是人生，如同咖啡。本篇共有四個故事：一杯咖啡的故事、意外的訪客、旅行，出發吧和今天你占卜了嗎？和人生有關，闡述人生的真諦。

　　第二篇　是感情，有甘甜有苦澀。本篇共有五個故事：早鳥夫妻、周旋在不同男子的她、生日派對，驚喜還是驚嚇、那一天，我和她一起哭泣和咖啡風波。現實的世界中，對感情的考驗，讓人歡喜讓人憂。調整心態，愛情可以是美好和甜蜜的。

　　第三篇　是職場，爾虞我詐。本篇共有四個故事：小姐，我才是主管、職場陷阱、找工作閨蜜、如實陳述。本篇和職場有關，職場如戰場，學習該如何防禦和保護自己，才不會成為別人的盤中飧。

第四篇　是喜怒哀樂，來杯咖啡吧。本篇共有三個故事：吹噓的她、優雅的假面、變調的詩詞歌賦。本篇是生命中，可能會遇到的荒誕荒謬的意外。宛如電影情節，卻真實上演。人生，有各種情緒，不管是正面或負面情緒，試著克服，讓自己充滿正能量。

　　本書帶給讀者思考，並探討正面的論點和提醒。《咖啡廳教你人生》，讓這些發人深省故事，帶給讀者正向的指引，並從中學習用不同角度看待人生。人生，堅持很難，放棄很簡單，但是唯有堅持，才能帶給你不同的風景。

李倫湖

目錄

第四篇　喜怒哀樂，來杯咖啡吧

第一篇　人生，如同咖啡

「如果我不在家，就是在咖啡館；若不在咖啡館，就是
在往咖啡館的路上。」

　　　　　　　　　　　　　　　　── 法國文豪　巴爾扎克

　　咖啡的味道和香氣，多元且迷人，濃郁的、淡然的、清香的、雋永的、苦澀的，人生不也是如此嗎？有人平淡一生、有人驚滔駭浪、有人充實坦然、有人苦悶無奈。人生，不是別人眼裡，不是別人嘴裡，而是掌握在自己手裡。

　　法國文豪 巴爾扎克曾言：「如果我不在家，就是在咖啡館；若不在咖啡館，就是在往咖啡館的路上。」很羨慕這樣的人生，因此我朝著這個方向前進。我的人生，也是如此。由於工作關係，喜愛流連於咖啡廳。不同的咖啡廳，不同的感受，能帶來靈感，也能刺激味蕾。有時候，寫著文字、品味香氣、品嘗咖啡、感受人生。

　　在咖啡廳裡，看到許多悲歡離合，目睹很多不可思議，從這些故事中，得到不同的啟發和體會，人生可以變得更美好，如果你願意開始正向改變。

（故事一）一杯咖啡的故事

　　咖啡，我樂於分享。

　　在外國讀書，曾遇過不少陌生人，要求我請他們喝咖啡，我的答案都是：「當然！」還會再附贈幾個甜甜圈。尤其在冷列的冬天，一杯咖啡，幾個甜甜圈，溫暖撫慰人心，增加人生甜度，何樂而不為呢？

　　在台灣，我也遇到了相同的事情。

貴族氣質，文質彬彬

天氣，寒風刺骨。

時間，早上八點。

咖啡廳一如往常的安靜，即使有人交談，都會刻意壓低聲音。

突然，隔壁桌傳了服務生的聲音。

「先生，不好意思，本店有低消喔。」

帶著復古金框眼鏡，身穿格紋西裝的男子，臉上露出不自然地笑容說道：「喔，剛忙著處理公事，忘了點咖啡。」

我注意到他一閃而過的困窘和驚慌。

大學修過兩年心理學，對於人心和表情有一定程度的敏感。

這個男性，是咖啡廳的常客。

他的穿著一向得體，文質彬彬，帶著一絲貴族的氣質。

頭髮總是整齊有型，清爽乾淨，帶著一股雅痞的氣息。

但是今天，頭髮亂了，衣服皺了。

他的神情，不同以往，變得黯淡。

他翻開公事包，摸摸自己西裝口袋，找著不存在的東西。

「小姐，可以請你幫個忙嗎？」他鼓起勇氣問道。

我知道我和善的臉，讓人容易親近。

「請說。」我微微一笑，但不傾城。

「我叫馬克，是這間咖啡廳常客，我知道妳也是。今天出門太匆忙，忘了帶皮夾，也忘了帶手機，但我和人有約，暫時離不開，可以請我喝杯咖啡嗎？明天加倍奉還。」

幾分鐘後，我從櫃檯買了一杯咖啡、一塊蛋糕和發票，放在他桌上。

「我記得那不勒斯有個習慣，很多人會買兩杯咖啡，把一杯「寄放」給下一個客人，所以後來很多咖啡廳都有「下一杯咖啡」的活動。所以，我們把這裡當義大利吧，我請客。」

他思索了片刻，臉上有些猶豫。

「或許，我用咖啡換你的故事。」

人心，真假難辨

他訝異地看著我，嘆了口氣，「我的確需要抒發。」

他娓娓道來人生中最難以承受的經歷。

從小家境優渥，不曾擔心過金錢。幾年前，父母到美國和姊姊同住，臨行前，留給我一筆錢，讓我不愁吃穿，但我仍然兢兢業業的工作。

去年初，在一場派對上認識了現在的老婆，相戀不久後結婚。

當時，我覺得她簡直是上天派給我的天使，個性和興趣，都是我理想典型。她天真愛笑，是個有點傻白甜的女孩。

未料，婚前甜蜜，婚後秘密。

一直以為她是個單純善良，隨和開朗的女孩，但結婚半年後發現，她似乎不只有一張臉孔。她變得晴時多雲偶陣雨，常常和鄰居起爭執，而且精明程度超乎我想像。

婚前討論說婚後經濟大權歸她，我全心信任，每個月拿著她給的零用錢，甘之如飴。後來，在一次激烈的爭吵過後，她拿出離婚協議書。

我用房子過戶安撫她。

原來，傻白憨的是我。

漸漸的，我發現很多疑點。婚前說對金錢毫無概念的她，喜歡投資，喜歡買股票，剎那間，我明白有些事情不對勁了。

交往時，她說不擅長人際關係，知心朋友幾個就足矣。然而，結婚一陣子後，感覺到她朋友交往很複雜，常常接到很多男性友人的電話，也常常出去派對。雖然，她騙我是和閨蜜去吃飯，但有幾次，我聞到她身上濃郁的酒味。

我的婚姻世界，變得不再幸福，而是猜疑取代。

有天，我幾個朋友告訴我他聽到的消息，有人說她對男性的手腕很高明，有人說最近她和某人過從甚密，希望我稍微注意。

我不願意相信，想選擇信任，但這些蛛絲馬跡，明顯真實，讓我無法辯駁，也不能再當埋在沙堆的鴕鳥。

壓垮駱駝的最後一根稻草是，我看到她和異性的親吻照。

我認為婚姻不能有猜忌，於是我決定和她開誠布公。

她給的回應是冷淡和心碎，她說她不再愛我，她的心開始為別人跳動，無法再和我繼續生活下去。

當時，我甚至有打她一巴掌的衝動。

「你愛過我嗎？」我突然清醒，劈頭問道。

她想了一下：「或許吧，但不是現在。」

「妳變了好多。」

「我沒變，是你看開了，婚姻和愛情本來就要適時的演戲，否則你怎麼會愛上我。」她冷笑道。

我以為我找到我的「完美女孩」，沒想到是「玩美女孩」。

「好了，這就是我的故事。要是妳，你會怎麼做？」他喝了一口咖啡，眼眶有些濡濕。

「我會選擇放手。當你在漩渦裡，你會不由自主地跟著旋轉，無法思考，無法逃脫。唯有離開這場混亂，才能有時間和空間解決事情。」我衷心地建議。

他看著我，意味深長的說道：「希望有機會，換我請妳喝咖啡。是在我意氣風發時，而不是在我難堪失意時。」

我點點頭。

他輕輕笑。

此去經年，我再也不曾見過他。

放手的藝術，難也不難

放手，一個簡單的動作，卻是舉步維艱，難以動彈。這一放，可能是長久的感情，可能是多年的努力，太多的情緒，太多的不捨。不放，痛苦的是自己和別人。放手，雖然依舊傷痛，卻是迎向陽光的開始。當人的負面情緒不斷累積，最後爆發的強度，是難以想像的。換個角度，如果想要再次接近幸福，第一件事，就是先「放手」。放了手，才能騰出空間給其他更好的人。人生，開始放手、懂得放手、學習放手，才能品嘗擁有。

Let it go. Move on.

咖啡廳絮語

* 人平淡一生、有人驚滔駭浪、有人充實坦然、有人苦悶無奈。人生，不是別人眼裡，不是別人嘴裡，而是掌握在自己手裡。

* 當你在漩渦裡，你會不由自主地跟著旋轉，無法思考，無法逃脫。唯有離開這場混亂，才能有時間和空間解決事情。

* 不放，痛苦的是自己和別人。放手，雖然依舊傷痛，卻是迎向陽光的開始。

* 人生，開始放手、懂得放手、學習放手，才能品嘗擁有。

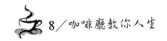

（故事二）意外的訪客

　　人生，不會永遠順遂，不會一帆風順。當然，也不會一直處於低谷，不會永遠跌宕。人生，有許多的可能，也有一些難以對抗的不可能。當你面臨挫折，你選擇封閉自己，還是打開心房，朝著新的世界邁進。結局或許不是喜劇，但至少你不愧於人生。

夢想，那年的舞曲

　　綿綿細雨，宛如跳舞，滴答滴答。

　　望著窗外飄落的雨滴，我呈現省電狀態，暫時不想思考。

　　「童話，好久不見。」突然，有人叫著我多年前的綽號。

　　我一轉頭，映入眼簾一個熟悉卻又陌生的臉孔。熟悉的是他的眼神，陌生的他的滄桑和發福的身材。

　　「好久不見，丹歌星。」想想，我們兩人已經十幾年沒見了，這幾年斷斷續續有聯絡，直到幾年前，因為莫名其妙的爭吵，不歡而散，他也消失在我的朋友圈中。

　　人生，忙碌的事情很多，忙到漸漸忘了這個朋友。

　　十幾年前，當時我們無所不談，聚會時，總是聊著未來的發展，他告訴我他的夢想，他未來的規劃。

　　他想當歌星。

　　我一直相信他可以辦到，因為他的歌喉優異，外型俊朗，身高挺拔，再加上活潑幽默的個性，肯定能吸引很多歌迷。

　　七八年前某個晚上，他約我去喝咖啡，順便和我道別。

　　「我決定搬到台北，完成我的歌手夢。」他露出開心的微笑。

　　迄今，我仍然記得那天晚上，天上明月，和他的笑容一樣，耀眼。

　　這幾年，為了應付租金和生活費，他身兼數職，常常累到倒頭就睡。只要有機會，他就會傾盡全力去表演。

　　在最後連絡的那通電話中，他告訴我他離夢想更近了，最近認識了一些玩音樂的朋友，希望有機會到大螢幕演出。

　　但幾年下來，隱隱約約從朋友口中得知，他還是少了伯樂和機運。

　　「童話，妳童話世界還在嗎？」他突然問道。

　　「在啊，我仍然相信童話，只是我寫的是大人的童話。」

　　「之前談論對未來的夢想，妳做到了。」他笑著喝了口咖啡。

　　「某種程度是的。那你呢？丹。」

　　「我，夢想已經不再，換來的是歲月和脂肪。」他拍拍他超標的肚子，戲劇化的笑著。

青春，為自己努力一次

「這幾年，你還好嗎？」雖然這句話很淺白，但卻是真心想知道。

「好，但也不好。」他眼神無意間洩漏一絲惆悵。

原來，後來玩音樂的朋友，因為現實和家庭問題，各奔東西，尋找自己的出路。丹努力的好幾年，本來以為靠近了夢想，然而，卻是那麼遙不可及。十年了，他為了唱歌這條路，努力了十年。某天晚上，風雨交加，他看著少的可憐的存款，眼淚不自覺地流下。想了好幾天，最後，他決定含淚放棄了。放棄的那天，他哭了整晚，分不清是淚水還是啤酒，最後倒在床上昏睡過去。

然後，他決定為存款努力一次，他踏上另一次冒險：去澳洲打工度假。剛開始幾天，因為找不工作，為了省錢，他到處蹭睡。之後，終於有人帶他去農場打工，只是辛苦工作了幾個月，扣掉之前申請的費用和機票錢，所剩不多。所以，丹再度回到台灣。

「現在呢？」

「清醒了，也踏實了。我現在在當業務，少不了喝酒應酬，你看我逐漸攀升的體重，就是職災呢。但是穩定的收入，讓我睡得比較安心，花得比較開心。只是偶爾，會夢到我得到最佳國語男歌手獎，哈哈。」

「遺憾嗎？」

「不遺憾。雖然這十年生活不穩定，會因擔心房租問題而一夜無眠，也曾因為手頭緊而一天吃一餐，但是，夢想卻能讓我笑著入睡，笑著醒來。或許有人覺得我浪費了我最寶貴的時間，實在不智。然而，我卻覺得很值得。青春，為自己努力過一次，不管結果如何，也不枉費走過青春這一遭。畢竟，人不痴狂枉少年嘛！」

「很棒。」這些話讓人感動，或許帶點無奈。但此刻，他的雙眸卻是閃閃發光，宛如當年離開老家的前一晚。

天上的那輪明月。

閃耀。

夢想，讓人變得幸福

林語堂曾言：「人類住在這個現實的世界裡，還有夢想另一個世界的能力和傾向。」夢想一旦付諸行動，就會變得美好和光明。沒有夢想的人生，色彩是單調。實現夢想的過程，辛苦和挫敗在所難免，但心中的感覺卻是充實的，目標如甘泉甜美。人不能失去夢想的能力，人生才能絢爛。

因為─

以夢為馬，不負韶華。

咖啡廳絮語

* 人生，有許多的可能，也有一些難以對抗的不可能。當你面臨挫折，你選擇封閉自己，還是打開心房，朝著新的世界邁進。

* 青春，為自己努力過一次，不管結果如何，也不枉費走過青春這一遭。

* 林語堂曾言：「人類住在這個現實的世界裡，還有夢想另一個世界的能力和傾向。」

* 實現夢想的過程，辛苦和挫敗在所難免，但心中的感覺卻是充實的，目標如甘泉甜美。人不能失去夢想的能力，人生才能絢爛。

（故事三）旅行，出發吧！

　　歌德有句名言：「人之所以愛旅行，不是為了抵達目的地，而是為了享受旅途中的種種樂趣。」旅行的意義，是接觸多元的文化，是欣賞美麗的風景，是享受悠閒的片刻，是期待未知的旅程。在旅途中，會有驚喜，會有趣味，會有感觸，也會有難忘的故事。

　　你喜歡旅行嗎？

　　同樣的天空，不同的地方，卻有不同的感覺。

面對挫折，該退讓還是面對

里詩是我在咖啡廳第一個認識的朋友。

更正確來說，是「咖友」。

她通常在晚上六點半左右到咖啡廳，然後只是坐著，偶爾看看書。

有天傍晚，我正振筆疾書，準備一氣呵成把稿件完成。

「這杯咖啡請妳。」她打斷了我的思緒。

「為什麼要請我？」雖然有些不悅，但好奇心讓我忍不住詢問。

「我常在這裡看到妳，專心的打著文字，絲毫不受旁人影響。上次看到朋友來找妳聊天，感覺妳是個很開朗的人。妳喜歡咖啡，我也喜歡咖啡」她吶吶開口。

「所以？」我示意她長話短說。

「想和妳交朋友。」她突然大聲說道，然後點害羞的笑著。

「OK！」就這樣，我們成為了咖友。

她叫里詩，長相清秀，個性內向，在公司擔任助理。

或許因為個性隱忍，在公司受了不少氣，有些同事會將手邊工作故意派給她做，態度又不好，但她總是忍下來，因為她需要這筆薪水。

　　我以為里詩是因為家境關係，其實非也。她會如此是因為男友，對方因為覺得對薪水不滿意，或覺得才能無用武之地，一直找不到理想工作，所以她一人賺錢，兩人花。

　　「愛，讓人堅強。」有次，我聽完她跟我抱怨公司的不順利後，忍不住說道。

　　「愛，也讓人受傷。」她突然有感而發。

　　「怎麼了？」憑我的第六感，這句話背後有滿滿的故事。

　　「妳知道嗎？其實我很愛旅行，但自從我和男友交往後，已經很久沒有去旅行了。我必須省吃儉用，因為他愛吃美食，注重外表，所以沒有多餘的錢讓我揮霍了，每天一杯咖啡，是我的小確幸。」

　　「但有多餘的錢讓他揮霍嗎？」我隨口開了玩笑。

　　「哈哈。所以，我是真的受傷了。」里詩突然哼著張學友的歌。

　　里詩的男友，有時會因為情緒失控而對她咆哮，她一忍再忍，因為愛。

　　我只能聽她抱怨，讓她有抒發壓力的出口，減少她生活中的壓力。偶爾會適時的給予她忠告，讓她自我思考。

　　「要是我，妳會怎麼做呢？」

　　「我？我愛自己勝過別人。」我一語雙關。

成長，是需要勇氣

有一陣子，里詩一直沒出現在咖啡廳。

該不會連「咖啡」都不能喝了吧。

有天晚上，我準備離開咖啡廳，前往朋友的晚餐約。

突然，熟悉的聲音再度出現。

「這杯咖啡請妳。」里詩拿了摩卡咖啡放在我桌上。

同樣的台詞，但聲音的情緒和以往截然不同。

這是爽朗，充滿希望的聲音。

「為什麼要請我？」我還記得當初的回覆。

「因為，妳打開我另外一扇窗。」她笑容洋溢。

「讓你看見窗外有藍天嗎？」

她點點頭說道：「我開始想為自己而活，所以我存了一筆錢，鼓起勇氣請假幾天，去旅行了。」

這一陣子沒見到里詩，原來她改變了。

「妳怎麼有辦法存錢？」除非她晚上打工，否則她的薪水給兩人用已經很吃力了。

「我和男友分手了，我真的受夠他的虛榮和幻想的懷才不遇。」她接著說道：「那天，是他的生日，我準備了皮夾當生日禮物，還安排吃牛排慶祝。但這份生日禮物，他顯然不滿意，

用餐時一臉不耐，諸多抱怨。最後竟然開門見山說別人女友都是買名牌皮夾，埋怨我很沒品味，還不如把這些錢給他。」

兩人爭吵不是第一次，她其實有點麻木，但這次對方竟然厚顏的要錢，超過她的底線，而且還在公共場合如此放肆。旁邊的人都在看她，讓她更加不悅。這次，她決定多愛自己一點，不再縱容。

於是，里詩做了一次「勇敢」的決定。

「我以為我會傷心，但旅行的這幾天，我豁然開朗。人生，還有很多事情要去做，我不能一直困在這裡，無所適從。」

「哇，妳長大了。」

「是的，我在公司也不再忍讓，我試著反擊，和他們講道理，雖然我有點害怕，深怕會被排擠。剛開始不太容易，他們依舊我行我素，但是隨著我的堅持，情況似乎不是那麼糟糕。」

「成長，是需要勇氣的。勇氣，讓妳成長吧。」

「所言甚是，所言甚是。」她忍不住羞怯地笑了。

「妳這麼膽小，那天怎麼有勇氣和我『搭訕』呢？」我忍不住問道。

「或許，我那天點了不是咖啡，而是咖啡酒。」

語畢，我們兩人相視一笑。

旅行，說走就走

　　之前，有個很愛旅行的部落客，常常到處自助旅行，看著她的圖文，讓人有種幸福的感覺，彷彿跟著她一起身歷其境。有人認為她這樣有點任性，因為所費不貲。不過也有人認為，任生如此，才能不需此行。旅行，往往會因為很多原因，而裹足不前。有時候，旅行是需要勇氣的，就是成長一樣。如果你喜歡旅行，那麼讓自己放鬆一下，前往想去的目的地。

　　旅行，說走就走，你會感受到不同的喜悅。

咖啡廳絮語

* 歌德有句名言：「人之所以愛旅行，不是為了抵達目的地，而是為了享受旅途中的種種樂趣。」
* 旅行的意義，是接觸多元的文化，是欣賞美麗的風景，是享受悠閒的片刻，是期待未知的旅程。在旅途中，會有許多驚喜，會有許多趣味，也會有難忘的故事。
* 成長，是需要勇氣的。勇氣，讓妳成長吧。
* 旅行，往往會因為很多原因，而裹足不前。有時候，旅行是需要勇氣的，就是成長一樣。如果你喜歡旅行，那麼讓自己放鬆一下，前往想去的目的地。

（故事四）今天你占卜了嗎？

有人相信算命，有人相信塔羅牌，也有人只相信自己，認為命運掌握自己手裡。如同《哪吒之魔童降世》裡哪吒說過的一句台詞：「我命由我，不由天。」不管算命或占卜的結果如何，最重要的是還是要腳踏實地，認真生活。

不要過度迷信，也不要過於執著。

占卜，心誠而非算計

這間咖啡廳，我第一次來，空間寬敞，座位不少，感覺舒適。

這間咖啡廳，還有一個特色。

距離我不遠的的位置，有一位占卜師。

坐在她對面的小姐，態度趾高氣昂。「怎麼辦，我覺得不準耶，我該付錢嗎？」

「請問哪裡不准呢？」占卜師客氣的詢問。

「我也說不出個所以然，總之我覺得不準。」那位小姐聳聳肩，無法回答。

「妳是第一個說我不準的客人，所以我才會詢問妳原因。」

「其實，我本來就不是很信算命，所以不必太在意。」她無所謂，甚至有點傲慢。

「那妳為何還要來算呢？」占卜師耐著性子，再次詢問。

「因為我在等人，想說閒著也是閒著，就好奇算看看。」

「所以我還是準確的。」占卜師微笑說道。

「怎麼說？」

「因為我算到自己今天不順利。」她兩手一攤。

我忍不住笑道，這個占卜師真有趣。第一次看到這麼白目的人，心中很佩服這位占卜師的修養。

這位小姐哼了一聲，翻了個白眼，離開座位。

我偷偷觀察了一下占卜師，她的表情平靜，未見波瀾。

不久，她整理好桌子，離開了咖啡廳。

當專業被質疑，心中必定不好受。

離開現場，是讓自己情緒平穩的最好方式吧。

不到幾分鐘，翻白眼小姐朋友來了，我聽到了讓人不可思議的對話。

「我剛剛算塔羅牌耶。」她興沖沖地說道。

「準嗎？」朋友好奇。

「其實呢，我覺得還可以的。但是，因為我不想付費，所以就說不準囉。」

「對方沒生氣嗎？」朋友有點疑惑。

「管她的呢，反正我免費算了一次。」

　　因為貪小便宜，不想要付費，說了一堆藉口。卻忘了，為了省下區區的費用，而質疑他人專業，這種指控非常傷人，不是金錢可以彌補。可以想像，這樣的性格，人際關係應該不甚圓融。

　　省下了小錢，卻在不知不覺中，錯過更多。

　　算計的人，卻常常在不經意中，被他人算計了。

占卜，僅供參考

　　下午，占卜師再度來到咖啡廳。

　　這次，她遇到另一個截然不同的人。

　　這個女士年約不惑，看起來非常相信塔羅牌。

　　當占卜師告訴她會遇到一個難關時，她面露愁容，悶悶不樂。

　　「難怪我覺得最近很不順，原來是遇到麻煩了。」女士念念有詞。

　　「其實，占卜僅供參考，是一種提醒，妳不要這麼憂心忡忡。」

　　「沒辦法，我對這些都很相信。之前，算過幾次命，都滿準的，讓人不由得不信。」女士回答道。

　　「妳也不要太過擔心，稍微謹慎一點即可。」

「不行不行，我再去問問其他人。」中年女士付完費後，急忙離開咖啡廳。

　　過度迷信，會造成生活的不便利，有時反而因為自己太過擔心，而影響生活品質。

　　如此，還不如選擇不知道，樂得輕鬆。

　　我想起之前有個同事很信算命，只要有人推薦，她都會去一探究竟，甚至搭火車前往。

　　有次，她再度搭火車到另外一個縣市算命，結果對方告訴她：「妳的感情路不是很順利，要多關心對方，否則會有爭執或其他問題出現。」

　　這聽起來是很中肯的建議，但在她耳裡卻變成結論。「難怪，感情都維持不久。」

　　由於她太過迷信，在感情世界裡患得患失，常出現不必要的爭論，尤其吵架後，她都忍不住會說一句算命先生太準了，讓對方更加惱怒。

　　幾個月後，她哭紅了雙眼告訴我：「真的分手了，果然被算命師料中了。」

　　「這難道不是妳的心理作用嗎？可以參考，但不能盡信之吧。」我忍不住說道。

　　她看著我，陷入沉思。

人生，掌握自己手上

　　人生，自己做決定，掌握在手中，只有你能做自己的主人。如果過度相信算命，對方說你會飛黃騰達，難道從此就無所事事，而不努力工作嗎？如果因為算命的結果，說你會命運多舛，難道從此就放棄一切？算命或占卜，當作參考，未來，還是靠自己奮鬥。三分天註定，七分靠努力，勤勤懇懇的人生，才會有收穫。

咖啡廳絮語

* 省下了小錢，卻在不知不覺中，錯過更多。算計的人，卻常常在不經意中，被他人算計了。

* 算命或占卜，當作參考，未來，還是靠自己奮鬥。三分天註定，七分靠努力，勤勤懇懇的人生，才會有收穫。

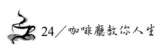

第二篇　感情，有甘甜有苦澀

愛情是嘆息吹起的一陣煙：戀人的眼中有它淨化了的火星：戀人的眼淚是它激起的波濤。

它又是最智慧的瘋狂，哽喉的苦味，吃不到嘴的蜜糖。

——莎士比亞

　　愛情，可能如花朵般芬芳和艷麗，吸引人的目光，不由自主深陷。愛情，可能如名酒般醇馥和馨香，吸引人的品嘗，不由自主沉醉。然而，一旦愛情變質，或因為懷有目的而不再單純，愛情可能會由愛人而變得傷人，讓人痛徹心扉，找不到方向。

　　情與愛，有甘甜、有苦澀、有快樂、有歡笑，也有無可奈何，最後變成無言以對。尊重愛情，愛情才會回應你。相信愛情，愛情才會迎接你。

（故事一）早鳥夫妻

　　愛情、是甜美、是浪漫，也是感動。

　　因為愛情而步入婚姻，責任變重，關係也更親密。

　　莎士比亞曾言：「不如意的婚姻好比是座地獄，一輩子雞爭鵝鬥，不得安生，相反的，選到一個稱心如意的配偶，就能百年諧和，幸福無窮。」

　　相愛的兩人，如果因為現實或其他問題，產生爭執，久而久之，愛情的甜美本質會慢慢被消磨，直至殆盡的那天，似乎分道揚鑣變成最好的選擇。

目標一致，才能前進

我喜歡在咖啡廳開門後就報到，第一可以選擇最佳位置，第二可以享受片刻的寧靜。

有一對三十幾歲的夫婦，常常都比我早到。

老公賈斯汀身材壯碩，老婆智亞身材高挑，兩人坐著同一台機車，有時也會喝著同一杯咖啡，感覺有聊不完的話題。

隨著見面次數多了，我們見到彼此時也會點頭致意，偶爾也會寒暄。彼此的關係，就是咖啡廳的朋友。

賈斯汀和智亞原來在同一間公司工作，兩年前賈斯汀辭掉工作當起 SOHO 族，夫唱婦隨，智亞當他秘書和聯絡窗口。賈斯汀在咖啡廳工作和談案子，將咖啡廳當成工作場所。

經濟的不景氣，業界競爭壓力，甚至有時幾個月都沒有案子。他們的存款，也隨著夕陽而西下，漸漸消失。他們花費，都靠存款，零星收入和對未來憧憬支撐著。賈斯汀和智亞常在咖啡廳肆無忌憚地討論公事，因此莫名的，我也捲進入了他們的故事裡，另類的分享了他們的喜怒哀樂。

一開始兩人的對話，總是未來充滿信心。

「智亞，我有信心這次一定可以簽下來，對方很熱絡，也很滿意我的專業和作品。多年的能力培養，就是為了今天的成功。」樂觀的賈斯汀，台詞永遠如出一轍。

　　「太棒了，這次我們應該可以賺大錢了。」智亞開心附和道。

　　這樣的對話，三不五十的出現。智亞也由原來的興奮和期待，變成了毫無生氣地回覆。

　　不知道是因為運氣太差，還是能力未臻成熟，專業度不夠，有時案子都快談成了，簽約前對方就消失不來。有時，對方口頭答應，卻遲遲無法決定。甚至約也談了，作品也完成了，案主似乎不滿意，不斷修改。甚至，終於結案，支票卻好像用飛鴿傳書寄來，遲了幾個月才抵達。智亞的收逐字稿稿費，竟成為重要收入來源。

　　兩人中午開始以餅乾果腹。咖啡，也開始喝起最低消費。

麵包，愛情，難以取捨

　　第一次發生嚴重的爭執，竟是為了一杯咖啡。

　　以往，咖啡都是智亞去買的，這天她突然說道：「今天咖啡你去買。」

　　賈斯汀疑惑地忘了她一眼：「不是你負責的嗎？」

　　智亞突然發飆，吼道：「我負責咖啡，你負責甚麼？」

　　賈斯汀怒回：「我買就是，幹嘛這麼大聲。」

　　咖啡廳的安靜，讓兩人的爭執變得突兀，也引起他人的注意。

賈斯汀從零錢包掏出零錢來，「還差十元。」

聽到這句話後，智亞理智線徹底斷掉。「你連一杯咖啡的錢都沒有。」

「我這個月就會有收入啊。到時一起吃大餐。」

「這句話，到底有效期限是多久？」智亞哀怨地問道。

避免引起更多的爭執，賈斯汀連忙將智亞拉出去咖啡廳。

之後幾天，一直不見他們蹤影。

有一天，當我踏入咖啡廳時，聽到熟悉的聲音。

「早啊。」智亞愉快的向我打招呼。

賈斯汀則在一旁認真的工作。

「最近好嗎？」我問道。

「不錯，最近進展很順利。戲棚下站久了，就是你的。」賈斯汀咧嘴大笑。

「太棒了。加油喔。」我由衷替他們感到喜悅。

「謝謝。今天有我們要去簽約，簽完約後，賈斯汀要請我去吃大餐。」智亞微笑地補充。

雖然，他們只是咖啡廳的陌生友人，但此刻，我卻替他們感到開心。

然而，事與願違。

在他們要離開時，賈斯汀接到一通電話，整個人像洩了氣的氣球，癱軟在椅子上。

「取消了。」賈斯汀吶吶說道。

「我們快過去問清楚。」智亞著急地拉著他。

「不用了，對方說要再考慮看看，會主動跟我們聯絡。」

「我們不能坐著等，要瞭解是價格問題，還是哪個環節出錯，才能設法補救。」

「對方都拒絕了，幹嘛低聲下氣去求人。反正，我相信我的專業，會有其他人看到的。」

「你就是這種溫吞個性，才會讓人踩在頭上。我為什麼會嫁給你種人，過這樣的生活？我真的後悔了。」

智亞拿著包包衝了出去。

從那天起，我就再也不見他們兩人的蹤影。

咖啡廳變得安靜，卻也有些冷清。

有時，會不住想他們大笑的聲音。

再見到智亞，已經是半年後的事情了。

和她一起來的，不是賈斯汀，而是個陌生男子。

男子去點咖啡時，我禮貌地向她點點頭。「好久不見。」

智亞微笑地說道：「是啊，好久不見。我以後來咖啡廳的機會比較少了，因為我男朋友要幫我開一間服飾店。以後要顧店，就沒辦法常來喝咖啡。」

「男朋友？」她和賈斯汀不是夫婦嗎？

「我離婚了。」她微笑道，眼神閃過一絲的難過。

白頭偕老，難不難

易經曾提到：「專心如一，白頭偕老—尋找如意伴侶。」擁有誰能讓你幸福，是婚姻一道很難的抉擇。兩個人的婚姻想要長久，光靠愛情是不夠的。唯有信任，相信，互相溝通，才能在婚姻產生波瀾時，能夠安然度過。如果彼此不溝通，互相不開誠布公，一開始小小的怨懟，日積月累，會變成之後大大的不滿。最終，變成難以收拾的殘局，甚至無法彌補的後悔。

婚姻，包含麵包，愛情，和其他層面。如果能夠互敬，互重，不要輕易口出惡言，婚姻才能繼續前進。唯有互相欣賞，互相關懷，遇到事情時，不要一味逃避，假裝樂觀，勇於面對談開，才能鞏固婚姻的基石，而且讓婚姻更長久。

咖啡廳絮語

* 莎士比亞曾言：「不如意的婚姻好比是座地獄，一輩子難爭鵝鬥，不得安生，相反的，選到一個稱心如意的配偶，就能百年諧和，幸福無窮。」

* 擁有誰能讓你幸福，是婚姻一道很難的抉擇。兩個人的婚姻想要長久，光靠愛情是不夠的。唯有信任，相信，互相溝通，才能在婚姻產生波瀾時，能夠安然度過。

* 婚姻，包含麵包，愛情，和其他層面。如果能夠互敬，互重，不要輕易口出惡言，婚姻才能繼續前進。

（故事二）週旋在不同男子的她

雨果：「人出生兩次嗎？是的。頭一次，是在人開始生活的那一天；第二次，則是在萌發愛情的那一天。」愛情，讓人刻骨銘心，讓人難以忘懷。對於愛情，有人視若珍寶，珍惜愛的真諦。對於愛情，全心投入。然而，也有一些人，將愛情視為遊戲，遊玩其中，以此為樂。

喜歡你，輕而易舉

午後的咖啡廳，人聲鼎沸，熱鬧不已。

會注意到這個名叫芬妮的女子，是因為她亮眼的外表。除了外表出眾之外，她對異性的手段，讓人佩服不已，但卻不敢恭維。

第一次見到芬妮，穿著俐落套裝，濃妝艷抹和一個西裝筆挺的男子約會。

兩人互訴衷情，不顧他人眼光，用著激動的語氣，說著動人的話語。

「芬妮，我愛妳。」男子大聲宣誓。

「我也愛你。」芬妮馬上回應。

兩人舉動親暱，宛如在家裡一樣，談情說愛。

芬妮和男子的音量很大，影響到我的思考，索性停筆，靜靜看他們「演出」。

愛情的世界，果然非常自我。

沒想到，當芬妮的「男友」才剛離開不到一小時，另外一個長相截然不同的男子，來赴芬妮的約。

電視劇上演的八點檔，在現實中居然看得到。

「喬治，我最近錶壞了，生活很不方便，需要一只新錶啊。」不知何時，芬妮變成淡妝，如女孩般撒嬌地說道。

「好好好，等等我們去逛街，妳可以選一只錶當生日禮物。」喬治邊回答，邊牽起芬妮的手。

「我就知道你最好了，難怪我這麼喜歡你，無法自拔。」芬妮突然變得像十八歲的女孩，天真無邪。

讓人傻眼，剛剛芬妮不是才和另外一個男子上演親密秀，不到一小時，男主角換人了。

看不慣芬妮的矯揉做作，我決定離開這間咖啡廳。

把愛情當成買賣，或是當成手段，讓人作嘔。

可以不相信愛情，但不能玩弄愛情，把它當成得到物質享樂的利器。

本以為芬妮是腳踏兩條船，沒想到我發現，我錯了。

之後，又見過芬妮幾次，她自然地對著不同男性說過類似欣賞的話。

芬妮不只腳踏兩條船，而是－－

無數條船。

不怕暈船，但怕翻船。

愛情？一期一會

芬妮的個性會隨的對象不同而改變。

有時候，很冷漠。

有時候，很熱情。

有時候，很純真。

有時候，很老練。

時而冷淡，時而開朗，如果不是因為我親眼目睹，還以為她在演電影，而且演技備受好評，可角逐最佳女主角。

一個月後，當我再次到那間咖啡廳時，看到芬妮和喬治正坐在我慣用座位旁。

「芬妮，我不要分手，再給我一次機會，好不好。」喬治苦苦哀求。

「是你的問題。你說到做不到，我最討厭這種人了。」芬妮空洞無情地望著遠方，彷彿喬治不在身邊一樣。

兩人爭執了一會，才知道原來是喬治說好要送她名牌包當禮物，但後來因故沒買，結果芬妮因此大怒而提出分手。

「芬妮，我就問妳一句。妳愛過我嗎？」喬治突然醒悟，淡淡地問了這句。

芬妮說道：「曾經。」

「既然愛過，怎會如此無情？」

「愛情本來就沒道理。它又不是空氣，不能失去。也不是糧食，不能缺失。一旦感覺沒了，愛情也煙消雲散了。」

「但怎麼會這麼快？」喬治繼續問道。

「因為，你踩到我的底線了。」

說完，芬妮拿起包包，頭也不回的準備離開。

喬治大叫：「芬妮，等一下。」

由於聲音很大，芬妮只好回頭，「還有什麼事嗎？」

「妳點的咖啡還沒付錢喔。」

喬治拿著帳單，微笑的遞給芬妮。

她悻悻然的接過帳單，高跟鞋製造出來的聲響，在咖啡廳裡，顯得格外刺耳。

喬治坐回位置後，笑容不見，看得出來很難過，面無表情地望著遠方。

但他是聰明的。被分手後，馬上畫下停損點，不再付出任何一分錢。

這樣的情節，一個月後，我在另外一間咖啡廳再次看到。

也許我常常流連於咖啡廳，所以才會「幸運」地遇到芬妮。

或許，芬妮喜歡在不同的地方，扮演著不同的人生。

她外表很耀眼，很容易吸引異性。

因為物質享受，因為喜新厭舊？

又或者因為空虛的心靈？

然而，這種玩火的行為，是危險的，也是可惡的。

東窗事發時，後果是難以想像的。

愛情，不是遊戲

愛情，是很美好的事情。古今中外，多少膾炙人口的愛情故事，歌頌流傳。

愛情不是遊戲，把愛情當成遊戲，如果對方發現真相，後果是難以想像。在愛情的世界裡，最無法原諒的就是欺騙。對方用真心交往，如果知道自己只是被玩弄於股掌間的成員之一，誰都無法釋懷，甚至做出可怕的行為。記住，別以為自己夠聰明，可以優雅的流連於不同男性或女性，享受受人寵愛的感覺。愛情是一對一，忠誠和真心，才能維持愛情的久遠。

咖啡廳絮語

* 雨果：「人出生兩次嗎？是的。頭一次，是在人開始生活的那一天；第二次，則是在萌發愛情的那一天。」

* 愛情，讓人刻骨銘心，讓人難以忘懷。對於愛情，有人

> 視若珍寶，珍惜愛的真諦。
>
> * 愛情，是很美好的事情。古今中外，多少膾炙人口的愛情故事，歌頌流傳。愛情不是遊戲，把愛情當成遊戲，如果對方發現真相，後果是難以想像。在愛情的世界裡，最無法原諒的就是欺騙。
>
> * 愛情是一對一，忠誠和真心，才能維持愛情的久遠。

（故事三）生日派對，驚喜還是驚嚇

生日，是許多人重視的日子之一。有人會辦派對或是小型生日會，熱鬧歡騰的慶祝生日。有人會邀三五好友吃飯，輕鬆愉快的度過這充滿意義的一天。生日，很多人期待驚喜，但是如果驚喜變成驚嚇，又會是何種場景呢？生日的驚喜，可能是夢寐以求的禮物、精緻美味的蛋糕、整人遊戲的趣味，或者是，未曾預期遇到的人。

意外的訪客，有時讓人喜悅快樂。有時候，在歡欣的場合，遇到不對的人，卻可能是種驚嚇。

生日派對，開心慶祝

生日聚會，是咖啡廳常見的社交活動之一。

好友幾人，品嘗咖啡、切著蛋糕、慶祝生日，和可貴的友情。

　　這間咖啡廳，占地廣，空間佳，咖啡香，裝潢美，音樂悠揚，讓身心得到紓壓。當我意外的發現這間咖啡廳時，如獲至寶，連續幾天都來光顧。

　　不同的咖啡廳，給人不同的感受。可以沉澱心靈、激發靈感、思考人生，和放空自己。

　　這天，咖啡廳發生了一件插曲。

　　一群慶生的人，由原本的生日驚喜變成驚嚇。

　　非假日的晚上，店內客人並不多。

　　角落沙發區的位置，四個人正在慶祝生日。

　　這種情形很常見，我很喜歡這種氛圍，讓人感受到喜悅和開心。

　　因為，我也喜歡慶祝生日，不管在何處。

　　唱完生日快樂歌後，其中一名長相清麗，穿著性感的的女子說道：「碧娜，這是我送妳的生日禮物，妳最喜歡的。」

　　碧娜應該是壽星的名字。

　　「好好好。茉莉，其實不管什麼我都喜歡啦。」外表可愛的壽星，甜甜地說道。

　　「送禮要送到心坎裡，我可是很用心準備的喔。」茉莉笑道。

　　「妳該不會買了我一直想買的皮夾？哇，謝謝。」拆開禮物後，碧娜聲音突然提高。

「雖然不便宜，但我咬牙買了。」

「這有點貴耶，妳真的是我的好閨蜜。」看得出來壽星很開心。

夜晚很美，氣氛很好。

四人小組，友情正好。

無雜質的友情，超純粹的情誼，才能天長地久。

但是，在愛情和友情的天秤上，哪種更重要呢？

難以抉擇。

「抱歉抱歉，路上塞車，我來晚了。」一個高䠷男子，急促地跑過來，打破了這歡樂的一刻。

驚喜，還是驚嚇

「李歐，你怎麼來了？」碧娜驚訝地問道。

「好巧，你也認識李歐？」茉莉帶點興奮地說道。

這名叫李歐的男人，卻彷彿雕像般，一動也不動。

原本準備離開的我，望者眼前這戲劇性的變化，停止手邊的動作。

「當然認識，還很熟呢。」碧娜不自在的點點頭。

「那太好了，我之前不是說要跟妳們介紹我新男友，想想今天是個好日子，很適合介紹給大家認識，所以我約他過來一起慶生。李歐，跟大家介紹一下自己。」茉莉興沖沖說道。

「別說了。」碧娜制止。

其他兩個朋友，顯得侷促不自然。

夜色很美，氣氛很僵。

五人小組，友情變化。

「茉莉，我突然有急事，先走了。碧娜，生日快樂。」李歐拋下一句生日快樂，急忙離去。

「怎麼了？」茉莉一臉茫然，介紹男友給大家認識，應該是高興的事情，但是大家的反應，讓她迷惑。

似乎她做了不該做的事情。

現在，連李歐的態度也很怪異。

究竟哪裡出了錯。

「其實，李歐是碧娜的前男友。」另外一個朋友答道。

碧娜忍不住哭了。

「妳是說李歐是碧娜前男友？怎麼可能。為何妳們都知道，我竟然不知道。」相較於訝異，茉莉更多的是失望。

「碧娜，茉莉，我們有事先走了，妳們好好談談喔！」其他兩個朋友尷尬互看，找了理由離開現場。

除了音樂聲，兩人靜默不語。

「妳和李歐交往過，我竟然被蒙在鼓裡。我們不是好友嗎？為何瞞著我？」茉莉率先開口，語氣不悅又不解。

「妳心知肚明。」碧娜冷哼。

「我不知道啊！」

「明知故問。妳外表漂亮，很容易受到男性青睞，這點從來就是妳炫耀的籌碼。我很喜歡李歐，和他交往時，擔心他被妳吸引，所以沒讓妳知道。」碧娜有點激動，雖然試圖控制音量，但似乎徒勞無功。

「原來如此。我在妳眼中，竟然是如此的形象。妳捫心自問，我真的是妳的好朋友嗎？」茉莉喃喃自語。

碧娜沒回答。

是，但好像又不是。

在愛情面前，友情的比例又占多少呢？

沒有正確的答案。

無解。

世界很大，緣分很妙

世界很大，感情很巧。很多人匆匆擦肩而過，一輩子無緣認識。有些人即使住在同社區，歷經幾年，依然彼此未識。然而，有些人，在千里之外的異鄉，成為知己，相知相惜。有些人，在旅遊時，成為朋友，墜入愛河。

世界很大，緣分很妙。有緣千里來相識，無緣對面不相逢。緣分讓兩個沒有關係的人，成為情侶，成為好友。然而，緣分，有好有壞，難以抗拒。珍惜一切，保握緣份，不要對不起自己和別人的人生。

咖啡廳絮語

＊ 在愛情面前，友情的比例又占多少呢？

＊ 有些人，在千里之外的異鄉，成為知己，相知相惜。有些人，在旅遊時，成為朋友，墜入愛河。

＊ 珍惜一切，保握緣份，不要對不起自己和別人的人生。

（故事四）那一天，我和她一起哭泣

愛情的甜美，讓人忍不住嘴角上揚，春風滿面。愛情的滋味，讓人忍不住微笑不已，神清氣爽。即使烏雲密布，感覺天晴氣朗。即使面對困難，心中堅強果敢。然而，愛情有多棒，失戀就有多傷。梁詠琪有首歌《順時針》，其中有幾句歌詞「我記憶裡的童話，已經慢慢的融化，愛不是這樣。而你，偷走我的時間，曾說過的誓言，你還在乎嗎？」讓人記憶深刻，低回不已。用淺顯易懂的文字，道出複雜難解的愛情。曾經的山盟海誓，曾經的海枯石爛，到最後，竟然變成空白回憶，找不到當時的心悸，喚不回當初的心動。

留在原地的人，獨自啜泣

相愛時，以為是童話故事成真，充滿希望憧憬。分手時，童話變了質，曾經計畫的一切，變成泡沫和幻影，消失不見。在乎的人，留在原地，獨自體會痛苦。不在乎的人，揮揮衣袖，不帶走一片雲彩。

安妮，她是咖啡廳的常客，正準備公職考試，常常在咖啡廳讀書，安安靜靜的，很少講電話。

我們第一次的交談是因為：意外。

那天，她一如往常走進咖啡廳，但並沒有往習慣的位置走去，而是突然走到我旁邊，用極小聲的音量，小心翼翼地說道：「不好意思，打擾妳了。我今天出門太匆忙，忘了帶錢包。可不可以先借我一杯咖啡的錢？我注意到妳常常來這裡，明天我就還妳。」

看得出她的緊張，不像是裝模作樣，而且只是一杯咖啡錢，我爽快答應。

此後，我們見面時會有默契地打招呼，點頭微笑。

有時，她讀書累了，還會跟我聊聊她的家庭，和她的理想。

今天，我看到她一樣坐在老位置，但看的不是書，而是「難過」。

赫然發現，她在哭。

咖啡廳外，陽光燦爛，風和日麗。

咖啡廳內，狂風暴雨，陰風陣陣。

我猶豫了一下，還是走了過去。

坐在她旁邊，沒有開口說話，只是靜靜地陪著她。

她突然抬頭，說道：「妳有空嗎？可以陪我聊一聊嗎？」

我理解地點點頭。

愛德華王子島，愛情的開始

安妮緩緩開口：「我要告訴妳一個故事。可能有點長。」

「沒關係，我剛交完稿，今天時間很充裕。」

「溫哥華東岸，有一個著名的觀光景點，叫做《愛德華王子島》（Prince Edward Island），如此盛名遠播，除了風景優美宜人之外，影集《清秀佳人》（Anne of Green Gables）功不可沒。這是一部由加拿大作家露西·莫德·蒙哥馬利所寫的長篇小說，地點就是在愛德華王子島，改編成影集後，造成轟動，很多人都因此前往此地旅遊。妳知道這個此地嗎？」

我點頭說道：「我也很喜歡這部影集，又浪漫又純真，很成功的作品。所以，我也很喜歡這個景點。」

「很高興妳也喜歡。」安妮落寞一笑。

安妮繼續說道：

小說所描繪的劇情，動人的愛情，溫暖的友情，迷人的風景，都在人的腦海中，揮之不去。因為拍成影集，讓想像變成

真實，喜愛的人更多。因此，迄今每年仍有許多人慕名而去，甚至還有 Anne of Green Gables 專賣店，販售相關商品。這對曾經看過的影迷和書迷而言，這是一種美好的回憶。就像梅酒，香氣四溢，沁入人心，即使過了許久，仍難忘曾經悸動的時刻。

幾年前，剛從大學畢業，我實在太想去這個夢想之地，於是和好友朵莉一起結伴前往加拿大。朵莉姑姑已經移民到溫哥華，我們可以住在那裡，除了扣掉兩天去愛德華王子島旅行的時間，其餘時間我們都住在朵莉姑姑家。光住宿免費這件事，就省了一大筆錢，再加上朵莉每年暑假都會去找她姑姑，對於溫哥華其實也很熟。等於，我擁有一個免費的導遊。

原本以為這是追夢之旅，沒想到竟然是浪漫之旅。

布萊德的出現，是這次旅行中最甜蜜的意外。

第一次見到他，是在秋意濃的午後。

我和朵莉正在花園中聊天時，這個不速之客突然闖入。

闖入我們的談話，也闖入我的心中。

長相俊秀，身材高大的陌生人，是朵莉的鄰居，他手裡拿著一瓶酒，要請我們品嘗。朵莉看了一下，開心地說道：「這種酒有點酸酸甜甜，非常好喝。」

熱情的朵莉，看到布萊德眼光停留在我身上，於是連忙介紹：「這是我以前大學同學。叫做安妮。我們畢業後，決定先來這裡玩一陣子，再回去面對現實，好好找工作。」

「妳們有去哪玩嗎？」布萊德

「愛德華王子島。」朵莉搶著回答。

「好巧，我也最愛那個地方。因為我看過一部影集……」

「Anne of Green Gables?」因為同好，我忘情大叫。

「對。」他驚訝一笑。

我記得那個午後，我們聊得忘我，聊得開懷。

離開溫哥華前，布萊德常常來找我們，盡地主之誼，因此我們更加熟悉。

回台灣後，心中多了份牽掛和難以言喻的感情。

布萊德晶亮的雙眸，迷人的嗓音，博學的談吐和過人的品味，在我心上留下重要的位置。但我不確定，他對我是否也有相同的感覺。

暗戀的感覺，讓人坐立難安，卻又充滿希望。

布萊德和我一直保持聯繫，隨著時間推移，我對她的好感與日俱增。有天，他突然向我告白，我才知道那天下午的聊天和默契，他對我已經產生了好感。

沒想到，這不是單箭頭的單戀，而是雙箭頭的戀愛。

我們竟然感覺一致。

於是，我和布萊德的異國戀開始，他有假就會飛來台灣看我。

遠距離戀情雖然很辛苦，但卻是甜蜜又浪漫。

距離不是問題，只要兩人真心相愛。

我們相戀，一直覺得不切實際，宛如在夢中。

下星期是我們交往三周年的紀念日。幾天前，他說最近要來台灣，跟我討論一件事情。

關於我們未來的重要「決定」。

我心跳加快，含蓄地問他關於我們「未來」的事情嗎？

電話那頭的他，停了半晌，沒有回答。

該不會跟我求婚吧，想給我一個驚喜，所以故意賣關子。

我期待著，等待著他的到來，一切如此不真實，兩人相隔遙遠，但卻愛情感覺近在咫尺。

直到剛剛，我還沉浸在幸福的喜悅中，一通電話將我的幸福打碎了。

布萊德打電話說要跟我分手。

分手。

安妮停了下來，眼淚再次低落。

「為什麼？這其中會不會是有什麼誤會」這太不可思議，又不是真人秀。

「他本來要飛來台灣當面跟我說，兩人好聚好散。但是因為我暗示到未來，他覺得不能讓我再有幻想，所以考慮了許久，決定用電話分手。」

所以，那通電話不是求婚，而是分手的預告。

「妳有問他原因嗎？」有時會一些誤會和疙瘩，因為沒解開，會讓人過度挫折而選擇分開。

「有，因為遠距離愛情太苦，他沒辦法再繼續。他寂寞時，沒人陪伴他。他生病時，沒人照顧他。他開心時，不能馬上與我分享，他失落時，無法立即和我溝通。所以，他常常因此而陷入不安和不好的情緒，只是沒有跟我說過。不久前，他認識了一個女孩，住在他家附近，兩人觀念和興趣一致，所以————」

安妮掩面哭泣，泣不成聲。

我不發一語，默默的地陪著她，此時，無聲勝有聲。

過多的言語，無法安慰她。

只能陪著她，靜靜掉淚。

靜靜地。

分手快樂，很難做到

柏拉圖曾言：「愛是美好帶來的歡欣，智慧創造的奇觀，神仙賦予的驚奇。缺乏愛的人渴望得到它，擁有愛的人又萬般珍惜它。」愛情的好，讓人在分手時，更難承受帶來的痛。然而，人生不只是愛情，還有親情、友情和其他的情感。分手快樂，很難達成。不要強迫自己瀟灑離開，但求心中無愧。忙碌可以忘卻傷痛，自暴自棄反而讓情況變糟。找時間和朋友抒發情緒，或許也可以得到啟發。

時間是最好的療傷藥劑，讓時間沖淡一切。因為，離開的人，無牽無掛。留在原地的人，才是痛徹心扉者。失戀不可怕，可怕的是將自己禁錮在回憶中，不願意離開。請努力找到鑰匙，打開心扉，邁向人生新的篇章。

咖啡廳絮語

* 愛情的甜美，讓人忍不住嘴角上揚，春風滿面。愛情的滋味，讓人忍不住微笑不已，神清氣爽。即使烏雲密布，感覺天晴氣朗。

* 梁詠琪有首歌《順時針》，其中有幾句歌詞「我記憶裡的童話，已經慢慢的融化，愛不是這樣。而你，偷走我的時間，曾說過的誓言，你還在乎嗎？」

* 柏拉圖曾言：「愛是美好帶來的歡欣，智慧創造的奇觀，神仙賦予的驚奇。缺乏愛的人渴望得到它，擁有愛的人又萬般珍惜它。」

* 時間是最好的療傷藥劑，讓時間沖淡一切。因為，離開的人，無牽無掛。留在原地的人，才是痛徹心扉者。

（故事五）咖啡風波

有人說：「錢不是萬能，但沒有錢萬萬不能。」有點殘酷，但卻是如此真實的一句話。當愛情涉及金錢，事情會變得更複雜。所以，有些人論及婚嫁時，因為聘金或是其他談不攏，而導致不好的結果。一段愛情中，若經濟不安穩，會猶如風雨中的獨木舟，飄搖不定，難以安穩。金錢不是愛情的全部，不能

以偏概全，但是千萬別讓金錢主宰愛情，否則難以預料的難題，將會成為愛情的殺手。

金錢和愛情，試圖取得平衡，愛情這條道路，才不會崎嶇難行。

請問，點咖啡了嗎？

這間咖啡館，有規定最低消費和禁帶外食，因此每人至少要點一杯咖啡，也不能帶其他食物入內用餐。

這個規定，清清楚楚的寫在玻璃門上。

大部分的顧客，都會遵守，少部分的顧客，則將咖啡廳當成自家，來去自如。

有時候，店員一忙，沒辦法時時刻刻都注意到是否每個人都有點咖啡。

因此，見過幾個人進來，只有一半的人點咖啡。

甚至還有人自在地吃起滷味甚至鹹酥雞，非常讓人傻眼。

無法理解在咖啡廳，能夠泰然自若地吃起滷味，津津有味，是梁靜茹給的《勇氣》嗎？咖啡香瀰漫，混雜著滷味的香氣，非常的奇妙。他們不顧咖啡廳規定，堅持自我。

今天這名店員，非常嚴謹。對於低消規定，嚴格檢查。

「不好意思，請問你們點完咖啡了嗎？」店員禮貌地詢問一對情侶。他們桌上沒有咖啡，只有咖啡廳提供的開水。

他們是一對情侶，年約三十幾歲，這不是我第一次見到他們。

　　之前，見過幾次他們只點一杯走進來，然後旁若無人的談情說愛。

　　可能覺得兩人同喝一杯咖啡，感情才不會散吧。

　　今天，他們更離譜了，直接沒點咖啡大搖大擺進來，還洋洋得意地說店員沒注意。我比他們早到咖啡館，他們進門時由於過度喧嘩，因此引起我的注意。

　　「當然有點，剛剛喝完了。」 男子面無表情地回答。

　　說謊可以面不改色，也算厲害。

　　店員似乎有備而來，繼續說道：「不好意思，但我同事說你們還沒有點咖啡，請我過來點餐。」

　　「你同事記錯了。」女子有點心虛的回應。

　　「抱歉，但可以請你們將發票給我看嗎？」

　　這位堅持崗位的服務生提出的要求，在旁人聽起來有點突兀，甚至無禮，不過態度和語氣始終很客氣。

　　或許，他早就注意到他們的行徑。

虛張聲勢，逃之夭夭

沒有發票的兩人，臉一陣青一陣白。男子突然勃然大怒：「就兩杯咖啡錢，我們又不是付不起。你這麼什麼態度，懷疑客人嗎？看不起我們嗎？這是服務生應有的態度嗎？」

整間咖啡廳的人突然望向他們。

店員的臉瞬間泛紅，但仍然堅定地解釋：「不好意思，如果看完發票確定有點咖啡，我會向你們道歉。」

如果我是老闆，我應該會替他加薪，未免太盡責了。

大部分的人遇到這樣的反應，通常是息事寧人。

或許發現大家注視他們，女人連忙打圓場說道：「你先去忙，我們找一下發票，等一下拿到櫃檯給你。」

店員點點頭：「謝謝，麻煩你們。」

店員離開後，兩人開始慌張討論。

「妳瘋了嗎？我們本來就沒點咖啡，哪來的發票？」男子緊張地說道。

「我只是先打發他走掉，否則僵持不下，場面不好看。還是我們去點兩杯咖啡。」女子提出建議。

「先說好，我今天沒帶錢，妳先付帳。」男子一臉無賴。

「你又沒帶錢，我已經付了好幾次咖啡了耶。叫你去找工作不去，每天坐吃山空，手邊竟然連兩百元都沒有。」女子氣急敗壞地說道。

「我是沒帶錢，又不是沒有錢。妳不是也沒工作，先檢討妳自己吧。」男子開始不耐煩。

「別在我面前裝了，我還不知道你有幾兩重嗎？老實說，我錢包裡面只剩下一百，不夠點兩杯。」女子攤牌。

「那我們跑吧！」突然，男子做了令人措手不及的行為。

語畢，沒等女子回應，他隨即往大門口跑去，迅速離開了咖啡廳。

留下一臉錯愕的女子。

「請問找到發票了嗎？」店員突然出現。

「呃，找不到。我再點一杯吧。」女子放棄掙扎。

店員拿起手邊的筆和菜單，露出滿意的笑容。

甜言蜜語，竟然比不過一杯咖啡的份量。

從此，我再也沒見過這對情侶。

麵包或愛情，孰輕孰重

感情的世界裡，有人避免談及麵包，認為這過於現實。愛情誠可貴，很多的事情也必須考慮。如果常為了金錢傷腦筋，爭執會因而變多。多了爭辯和煩惱，再熱切的情感，也會在無

形中消磨，逐漸消失殆盡。不求家財萬貫，但求平穩安定。為了未來一起努力，而不是以真愛無價來搪塞。相信愛情，也尊重自己，一段真誠的感情，可以讓自己變成更好的人。

咖啡廳絮語

* 金錢不是愛情的全部，不能以偏概全，但是千萬別讓金錢主宰愛情，否則難以預料的難題，將會成為愛情的殺手。

* 如果常為了金錢傷腦筋，爭執會因而變多。多了爭辯和煩惱，再熱切的情感，也會在無形中消磨，逐漸消失殆盡。

* 不求家財萬貫，但求平穩安定。為了未來一起努力，而不是以真愛無價來搪塞。

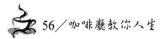

第三篇　職場，爾虞我詐

我的座右銘是：第一是誠實，第二是勤勉，第三是專心工作。

——卡內基

有人說職場如戰場，隨時做好準備，低調內斂，不要過度張揚，才能留得夠久。不如學校般單純，你只要專心學習，就能夠有成果。投入職場時，要適度改變。很多人認為，讀書時交的好友，可以維持一輩子，因為當時的情誼是最純粹。職場不是找朋友的地方，而是認真工作的地方。如果夠幸運，可能會交到志同道合的朋友。然而，如果涉及利益，朋友就會變成同事，公事公辦。友情的考驗，變得如此殘忍。

職場，是獵場，可能是爾虞我詐，可能是風雲四起。如同武俠小說中的江湖，人人身懷絕技，想在江湖中稱王，即使成為武林盟主，下戰帖者如過江之鯽，每天都是挑戰。職場想要如魚得水，有幾點技巧，可以記在心中。多一點智慧、多一點心思、多一點包容、多一點防衛、少一點八卦、少一點挑撥、少一點站隊、少一點炫耀。

過多的自信或是過度白目，會成為你職場上的絆腳石。過多的鋒頭或是過多的結盟，都會將你推向風口浪尖的危險之中。誠信、勤奮和專心工作，是職場成功的不二法門。

（故事一）小姐，我才是主管！

踏入職場的入場券之一是「面試」。

不管之前的職場戰績，不管學歷多耀眼驚人，在面試時，如果讓主管留下不好的印象，結果都將功虧一簣。很多的面試，

都因為一時口快，或是對自己認識不足，提出的要求讓人傻眼，也讓人不悅。請記住一個重點，面試的時候，請注意自己的言行舉止。不論個性多麼活潑，多麼能言善道，都要仔細觀察對方的微表情。話太多或太少，都會讓人留下不好的印象。簡而言之，面試官不是你朋友，不是你鄰居，有些人在拿捏彼此關係上，不懂分寸，而犯下交淺言深的毛病而不自知，實在可惜。

面試，態度和專業

公司看過幾個應徵者，有的態度很好，專業很夠，讓人印象深刻。相反地，有人滔滔不絕，當成演講，即使面試官露出不悅，依然不為所動，不知道停止。

其中幾個讓人噴飯的例子。某個應徵者在應徵時，竟然脫口而出對面試官說道：「你的英文名字很菜場名耶，跟你很配。」當下對方臉色一變，之後就「謝謝再聯絡」了。

還有一位應徵者，表現普通，但在薪資要求上，卻非常不普通。面試官微笑地問道：「你的工作經驗不到一年，薪資要求是這個行業的三倍。」

應徵者信心十足，「我雖然經驗不夠，但是我肯努力，學習強。」

面試官淡淡地說道：「我相信你肯努力，但為何畢業了五年，工作經驗不到一年？」

「我寧缺勿濫。」他臉色一變，但隨即抬頭挺胸地回答。

還有遇過，應徵者穿著短袖短褲就來面試。

詢問對方原因時，他竟然絲毫不在意的說道：「因為剛去逛街，差點錯過面試的時間，所以來不及回家換衣服。」

不重視面試，公司如何會重視你呢？

社交場合是如此，更何況是工作場合，更要多加小心謹慎。

面試的場合，會有許多有趣或是讓人無法忍受的回應。

把無聊當趣味，將輕鬆當隨便，都是扣分的幾點原則。

態度和專業，學歷和經驗，可以讓你面試時，加分不少。

問東問西，不問事

咖啡廳，人來人往，好不熱鬧。

有商人來談生意，有業務人員來洽談，有家教在上課，各行各業，都在咖啡廳相遇了。

還有主管來面試。

我附近有一男一女，正在面試。

內容竟然有點荒謬，讓人不禁搖頭。

穿著西裝的面試官說道：「妳是朋友推薦，所以我先在此面試，再思考一下。」

「喔。」應徵者有點無精打采。

「履歷上妳在這個領域工作已經五年多了，應該駕輕就熟了吧。」

「是。但中間我有停過一兩年沒工作。」

「是什麼原因呢？」

「因為私人因素，不方便說。」

面試者理解的搖搖頭，十幾分鐘後，面試者詢問對方希望薪資。

「當然愈多愈好啊。」應徵者笑著回答。

我想，這個應徵者似乎把對方當成朋友。然而，不管是不是朋友，在這個嚴肅的場合，對方還是面試你的人，要給予尊重。

「可能沒辦法，但我們會評估。請問還有其他問題嗎？」

「有。我有個很重要的問題。因為我很重視休閒活動，每年都要請假十天左右去旅行，請問你們公司請假好請嗎？有辦法請十天嗎？」

「請假方面公司有相關規定。」我聽到面試官倒抽一口氣。

「這點很重要，如果不行，我可能會考慮。」

「沒問題，妳可以慢慢考慮。」面試官放棄表情管理，直接回答。

「謝謝。請問何時會通知我上班呢？」 應徵者再次詢問，完全不理會對方的反應。

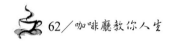

「一星期之內，如果妳被錄取的話。」

應徵者走後，面試官按捺不住，打電話質問他朋友，詢問對方為何推薦這樣的人，浪費彼此時間。

即使這位女子有多年經驗，沒有態度，不懂察言觀色，讓她搞砸了面試。

過度自我，職場上不吃香

不管是面試或是工作，過度自我都會讓你格格不入，不受歡迎。尤其面試時，準備和態度，缺一不可。準備公司資料，才不會一問三不知，一臉呆滯。面試時，注意自己態度。可以放鬆，但不能過度輕鬆。面試不是閒聊，而是表現你專業和經歷最好時機。表現自己，而不是做自己。過猶不及，會導致面試結果不理想。所以，從今天起，做好準備，調整自己，在職場上成為受人喜愛的人。

咖啡廳絮語

＊ 有人說職場如戰場，隨時做好準備，低調內斂，不要過度張揚，才能留得夠久。不如學校般單純，你只要專心學習，就能夠有成果。投入職場時，要適度改變。

＊ 不管是面試或是工作，過度自我都會讓你格格不入，不受歡迎。

＊ 面試不是閒聊，而是表現你專業和經歷最好時機。表現

> 自己，而不是做自己。過猶不及，會導致面試結果不理
> 想。

（故事二）職場陷阱

職場是種技術活，很多的設計、陷阱、挑撥、挑釁和爭執，都可能出現在職場，所以要保持謹言慎行，觀察敏銳。有時候，為了利益，好同事可能會變成無形的敵人，在背後出手傷你，你卻被蒙在鼓裡，絲毫未覺。對於同事，學習聊天點到為止，請勿將家裡所有事情和盤托出，當兩人沒有利益衝突時，這些事情都只是聊天素材。然而，如果遇到競爭時，這些內容之後可能會成為你的弱點或軟肋。

演戲行銷，利用同事

一個炎熱的下午。

咖啡廳下午的人潮不多。

附近有桌的男女，剛來進來不久，但兩人聊天不間斷，音量很不友善。

也沒有點咖啡的想法。

「組長，所以等一下妳會先開始嗎？」男性問道。

「對，班尼，我先介紹會比較好。你就照我們之前排練的，當對產品很有興趣的購買者。」

「好的。今天應該可以成交。我這個前同事人很老實，耳根子也軟，只要給他一點壓力，或是用哀兵政策，他不鐵定敢拒絕，應該就會掏錢了。」班尼一臉信心。

讓人聽了真「寒心」。

利用情誼獲得好處，如果被動方知道了，將會是多傷心。老實和心軟，竟然成為成交的優勢。

聽他們的談天內容，女性是組長，男性是她的下屬，兩人從事業務方面的工作。

然後，等一下會有一個「潛在顧客」會來。

而這個客戶是班尼的「前同事」。

兩人開始擬定作戰內容，模擬會遇到的狀況和問題。

約莫二十分鐘後，他們約的人來了。

「班尼，不好意思遲到了。」

「沒關係，小東。我也才剛來。」班尼笑著說道。

事實上，這個叫班尼已經來了半小時以上了，但依然有禮貌，給對方台階下。

「你們不點咖啡嗎？」小東看到桌上沒有飲料，好奇問道。

經他一說，我才發現這兩個人真的沒點飲料，真是離譜。

「我請你們好了。」陳組長示意小東坐下，她到櫃台點咖啡。

「小東，我朋友跟我推薦這組保健產品，聽起來不錯，所以我跟他拿了名片，約這個業務員出來介紹。你之前不是說身體不太舒服，我想我們一起聽聽看，說不定對你身體會有幫助。他有說如果兩個一起買，可以打折。」

「好，我聽聽看，如果不錯可以考慮看看。但不一定要買吧。」小東試探性地問道。

「當然不用啦。如果不喜歡，我也不會買啊。」班尼笑著回答。

班尼開始撒網了，他和陳組長明明是一起來的，而且兩人是上下屬關係，現在卻假裝對方是業務。

陳組長約花了十分鐘說明產品，我抬頭看了小東和班尼一眼，兩人反應都是微笑點頭。

班尼特別積極，還問了幾個產品的優點。

陳組長口才很好，說明優點時很吸引人，聽她抑揚頓挫的描述我都心動了。

但關鍵來了，價格方面還沒提到。

「感覺還可以，但價格方面呢？」小東問了重點。

「價格先不提，你先問你自己需不需要？」陳組長沒直接報價。

「應該吧。但價格很重要。」小東說道。

陳組長只好說了一個價格。

「嗯，有點貴，我再想想好了。」小東表示要考慮。

「不貴啊，我覺得如果這東西很好，這個價錢很合理。」班尼則興致高昂，表示想要買。

「你不要擔心，可以分期付款。如果兩人買，還有優惠喔。」陳組長繼續說服。

「小東，兩人還可以打折，還可以分期付款，你應該不會連幾千元這都要考慮這麼久吧？」激將法開始。

「是不用考慮。但是這組並不便宜。」

小東有點招架不住了。

表面贊成，實則用計

陳組長悄悄地拿出單子，並說明分期付款的方式和每一期的價錢。班尼也在旁邊附和，兩個人開始你一言我一語，但是小東只是沉默的思考，偶爾點點頭表示同意。

看情形小東應該會購買吧。

突然，小東問道：「班尼，你要買嗎？」

班尼說：「我當然要買。我覺得你也要買，這對健康很有效。」

「可是我今天沒帶這麼多錢。」小東說道。

「沒關係，我先幫你墊。」班尼笑了，這下他應該沒藉口吧。

他卻忘了，過度的殷勤，反而讓人起疑。

沒想到，小東突然說：「不好意思，我上個廁所。」

他一離開，陳組長和班尼開始竊竊私語，表情充滿得意和欣喜，並比了一個沒問題的手勢。

小東離開了一段時間，回來後感覺有點心不在焉。

「怎麼樣，我先幫你付，同事一場，我相信你，過兩天再把錢還給我。」班尼乘勝追擊，把訂購單推給小東。

「那個，我想再多了點一嗎？還是你們還有其他類似產品？」小東突然轉移話題。

而且，他用了「你們」。

上個廁所後，小東的頭腦似乎清晰許多，從這點看來，小東應該是發現了蛛絲馬跡。

但陳組長和班尼似乎沒察覺。

不到五分鐘，小東的手機響了。

他用著比剛剛高很多的音量說道：「什麼，現在嗎？好好，我馬上去。」

班尼傻眼，連忙問道：「發生什麼事了？」

小東略帶抱歉地說：「我媽現在在超市，叫我馬上去接她。」

「先填個資料吧，不用兩分鐘。」班尼急了。

「真的很不好意思。如果有要買，我再通知班尼。那麼，你們慢聊，我先離開了。」相較於剛來時動作緩慢，此時的小東動作迅速，拿起包包轉身離開。

小東離開後，兩人靜默無聲。

「你前同事好像沒你想的心軟和單純啊？」陳組長開始檢討。

「唉，可能職場待久了，人也會變吧。」

「剛剛哪裡出了問題，班尼？」陳組長問道。

「是不是單子拿出來太快了，讓他出現警覺心？」班尼認為是這個環節有問題。

「沒錯，下次要小心一點，不要給人著急的感覺。你剛開始表現得很好，就是後來有點急躁……」陳組長嚴厲地說了一段時間。

班尼嘆了口氣，繼續拿著手機搜尋。

一山還有一山高啊。

小東去上廁所應該是個藉口，去找支援了。這一招真的很好用，電話遁逃，是種讓人無法拒絕又可以馬上離開的技巧。

原來，小東才是最機警的那個人，他無法馬上離開，但卻不好意思直接拒絕，又不想屈服，所以請人幫他打通電話，既正當又不會讓人覺得奇怪，也沒辦法挽留。

可以善良，但不能無主見

　　職場陷阱，無所不在。如果你毫無防備，容易被人利用。你可以隨和，但是千萬不能無主見，讓人牽著鼻子走。當面對過於熱情的邀約，要懂得自我判斷。人人好的一個人，不代表人緣也會好。另外，當你發現落入陷阱，小心冷靜，找到出口。無條件妥協不是最好的解決方式，那只會讓你成為別人口中的「好好先生」或「好好小姐」，這種稱謂並不會讓你獲得應有的尊重。之前有個同事，很少說「不」，總是一個人包辦很多事情，有一天，他身體不舒服，無法加班，要回家休息，結果習慣請他幫忙的同事竟然表示不悅，並說出風涼話，讓人傻眼。所以，你的善良必須有點防禦，保持善良之餘，還要有警惕，才能保護自己，別人也無法隨意利用。

咖啡廳絮語

* 職場是種技術活，很多的設計、陷阱、挑撥、挑釁和爭執，都可能出現在職場，所以要保持謹言慎行，觀察敏銳。

* 對於同事，學習聊天點到為止，請勿將家裡所有事情和盤托出，當兩人沒有利益衝突時，這些事情都只是聊天素材。然而，如果遇到競爭時，這些內容之後可能會成為你的弱點或軟肋。

* 你可以隨和，但是千萬不能無主見，讓人牽著鼻子走。

* 無條件妥協不是最好的解決方式，那只會讓你成為別

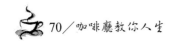

> 人口中的「好好先生」或「好好小姐」，這種稱謂並不
> 會讓你獲得應有的尊重。

（故事三）找工作閨蜜

　　人生在世，不能缺少朋友，尤其是好朋友，好閨蜜。閨蜜是人生當中重要的角色，他們分享你的喜怒哀樂，陪伴你度過美好或悲傷的時光。當心情低落時，有人願意相伴和傾聽，是很幸福的事情。好的閨蜜會讓你住豪華套房，而壞的閨蜜會讓無家可歸。當面對工作利益和閨蜜情誼時，你該如何選擇？有人會選擇後者，有人會以好處為先。如果，是使用正當手段獲得，沒有人可以指責你。反之，如果透過說謊或是出賣的方式，讓自己成為贏家，即使獲得自己追求的東西，也會讓人打從心底看不起。

感情親密，形影不離

　　整個城市都是我的咖啡館，因為我喜歡流連於咖啡廳，在咖啡香中，疾筆振書，靈感源源不絕。咖啡廳一般會有幾個熟客，有的是因為來談業務，有的是來讀書，有的是純粹喜歡喝咖啡，總之，各有各的目的。這種感覺很特別，有種熟悉卻又疏離的感覺。

馬雅和軒妮之前是好同事，後來成為閨蜜，常常看見她們在咖啡廳，每次都會帶電腦來，她們出現在咖啡廳的頻率，遠勝過我。兩人很有話聊，話匣子一打開，總有說不完的話，不過她們會刻意壓低聲音。有時候忍不住大笑，也會馬上控制住。

　　會認識她們是因為有天，馬雅突然主動跟我交談，「妳好，我是馬雅，不好意思想請妳幫個忙。我們等會要去面試，可以請妳幫我們顧一下電腦嗎？」

　　「大概多久呢？」我問道。

　　「就在附近，所以應該不會很久。」馬雅笑著說道。

　　我點點頭，因為我暫時還不會離開咖啡廳，所以應該沒問題。

　　有了這次談話，之後見面時都會問候一下，隨著見面次數增加，偶爾還會聊上幾句。

　　之前本來以為她們在打電動，後來才知道她們是用電腦找工作。「我們之前是情同姊妹的同事，遇到公司裁員，所以一起捲舖蓋回家。都過兩三個月了，還找不到工作。我因為擔心在家會有壓力，所以才和軒妮一起來咖啡廳上網找工作，不但有伴侶，還能給意見。看到適合對方的，也會馬上通知對方。如果找到可以當場面試，我們也會陪對方一起去。」馬雅外型亮眼、個性大方、比較健談，邏輯和談吐都很好。

　　經過幾次閒聊，發現軒妮比較內斂，想法比較成熟，談話有所保留，防衛心比較重。

　　和馬雅不同，個性互補的兩人，難怪可以成為好朋友的。

　　想想，好朋友一起找工作，不但可以互相激勵，還能有人陪伴，這樣也是人生中難忘的回憶。卻忘了，有時候，想像很美滿，現實很骨感。

　　「很羨慕妳們這樣，兩人做伴，找工作也變得有樂趣多了。」我由衷表示。

　　「對啊。我覺得很開心，每天都精神抖擻。」馬雅說道。

　　「我覺得壓力很大，還是希望趕快找到工作，每天來咖啡廳也是一筆開銷呢。」軒妮有點不以為然地回應。

　　「加油。如果找到工作，我請妳們喝咖啡喔。」雖然只是咖啡，但我是真心替她們加油的。

　　但是，我卻沒有機會請軒妮咖啡了。

　　是因為她一直是無業遊民嗎？所以，喝不到我請的咖啡。

　　恰恰相反，因為她找到工作後，就未曾於咖啡廳出現了。

　　一個轉瞬，事情的走向變不同了。

　　一個轉念，曾經的感情回不來了。

分道揚鑣，職場上無友情

再次見到馬雅，是一個月後的事情，但卻未見到軒妮。

「馬雅，軒妮怎麼沒來？」我隨口問道。

「她找到工作，不會來了。」馬雅意興闌珊，感覺對這話題有點排斥。

「找到工作還是可以來啊，我請她喝咖啡。」我故意說道。

「她才沒臉來。」馬雅氣沖沖地說道。

「為何呢？妳們不是好閨蜜嗎？」這真的勾起我的好奇心。

「哼，閨蜜，職場面前，利益第一，若為未工作故，閨蜜隨手拋。」

「發生什麼事了？」越說越跑題。

馬雅將最近發生的事情，一五一十的告訴我。

「我們之前找到兩人都喜歡的職缺，所以我們一起寄出履歷，希望能夠有好消息。後來，公司通知軒妮去面試了，幾天前公司通知她去上班了。」馬雅咬牙切齒地說著。

「這是好事。只是，妳比較可惜了。」馬雅不像是這麼小心眼的人，這中間肯定出了差錯。

「說真的，我真的滿喜歡這間公司，後來我忍不住打電話詢問，是否有面試的機會？」

「對方的回應為何？」

「對方說她在上星期四早上有來電通知我，但是我回答說已經找到工作了，拒絕面試，並叫她不要再打來了，因為很少看到態度這麼不友善的人，所以她印象深刻，還在履歷上做了記號。」馬雅翻了個白眼。

「妳有接到電話嗎？」雖然不想這麼推理，但有人接了她的電話，這個人很可能是軒妮。

「我沒有接到那通電話。而且這幾星期，我每天十點就和軒妮在這間咖啡廳報到，手機都放在桌上，不可能有人接了我的電話，也不可能漏接。」馬雅肯定的補充。

「妳去洗手間有帶手機嗎？」我嗅出問題，但不敢明講。

「沒有。妳很聰明，馬上知道問題所在。除非我上洗手間時，對方剛好打來通知，然後有人替我接了電話。」馬雅回答道。

「所以妳懷疑……」果然和我懷疑的一樣。

「嗯。雖然我很不想有這麼卑鄙的想法，但是事實似乎如此。後來，我查了對方說的日期，其前後兩天電話，果然找到那間公司的來電，但顯示已接，而不是未接。」

已接！果然如我所猜測一樣。我突然想到一件事，問道：「軒妮是在這通電話之前接到面試通知嗎？」

「妳反應真快，的確如此。她是星期二下午接到面試通知，而這間公司是隔天星期三早上打電話給我。」馬雅露出不屑的表情。

我勸告說道：「這只是我們的猜測，不能代表什麼。但軒妮是妳的好閨蜜，不太可能這麼做，妳要不要試探性的問一下？不要因為誤會，而造成兩人友情破裂。」

「我問過了，軒妮也承認了。她說因為我外型比較亮麗，談吐也比她好，她擔心如果一起去面試，她毫無勝算。但是，她真的很喜歡這分工作，所以一時衝動，接了電話，並且順便幫我拒絕了面試。」馬雅解釋了原因。

「還衝動了兩次。」利益當前，閨蜜之情竟然如此薄弱，真讓人遺憾。

「我狠狠地罵了她一頓，現在我們已經不聯絡了。反正，我最近也有其他面試，就當作被狗咬，算我倒楣，雖然很痛，但痊癒後就忘了。」

馬雅故作堅強地笑道，但是我想她內心依然很痛。

只是，樂觀的她選擇原諒。

職場，難有閨蜜

常聽很多人說，最好的朋友和知己，都是在學生時代認識。因為那段美好的小時光，最單純也最無利益關係。他們願意陪

你看星星看月亮，從風花雪月聊到未來願景。但是出了社會，進入職場，平常和你交情良好的同事，可能因為名和利，為了自身好處，而選擇出賣你，或是自保。職場上，或許還是可以交到好友。然而，一些敏感話題，或是對公司的抱怨，還是點到為止，不要一股腦兒的發表。畢竟，在同公司工作，如果有天你們兩人不再是好友，之前你曾說過的話，可能成為你的致命傷。多一點心思，少一點算計；多一點智慧，少一點衝動。在職場，除了優秀的工作能力，另外圓融的人際關係，才能讓你工作愉快，工作長久。

咖啡廳絮語

* 閨蜜是人生當中重要的角色，他們分享你的喜怒哀樂，陪伴你度過美好或悲傷的時光。當心情低落時，有人願意相伴和傾聽，是很幸福的事情。

* 如果透過說謊或是出賣的方式，讓自己成為贏家，即使獲得自己追求的東西，也會讓人打從心底看不起。

* 一些敏感話題，或是對公司的抱怨，還是點到為止，不要一股腦兒的發表。畢竟，在同公司工作，如果有天你們兩人不再是好友，之前你曾說過的話，可能成為你的致命傷。

* 多一點心思，少一點算計；多一點智慧，少一點衝動。

（故事四）如實陳述

職場是種修羅場，除了能力和學歷，還有一點很重要，就是應對和待人處事能力。職場不是學校，犯了錯，大家會給你更多次機會，讓你改正。職場，有時宛如是個競技場，為成贏家，全力以赴。但如果使用不正當的伎倆，後果可能難以控制。爾虞我詐的工作環境，雖然無法做到眼觀四面，耳聽八方，但是起碼工作要盡力完成，聽懂他人的弦外之音。和主管的關係，保持圓融，而和同事之間也能維持融洽。

想在職場如魚得水，除了良好的人際關係，還有一句名言：害人之心不可有，防人之心不可無。當別人沒有如實陳述時，你就要有警覺心。雖然你不願意違背良心，但不代表別人和你想法一樣。

伸出援手，不勝感激

某天午后，陰雨綿綿，咖啡廳裡客人寥寥無幾。

看著窗外的雨，不斷飄落，陷入放空狀態，差點又去下象棋。

突然，我聽到前方傳了小小聲的啜泣聲。

兩個女性正坐在我前方的咖啡桌，哭泣的女性穿著粉色衣服，坐在對面的位置。

另外一個女子，穿黑色襯衫，正在安慰她。

「莫莉，我真的很委曲，我信任的男同事，竟然是個偽君子。」

「安琪，妳慢慢說，先別哭。」莫莉給予鼓勵。

「這件事情，我到現在還不敢置信。約莫兩星期，有天下班後我剛走出公司後不久，突然接到姑媽來電，急需兩萬元。妳也知道姑媽從小照顧我長大，所以不能不幫，但現在月底了，要臨時要拿出兩萬元，根本不可能。」

「妳可以跟我借啊。」

「我本來有想過，但是當我掛完電話後，赫然發現同部門的男同事比爾，正站在我背後，我想他應該聽到電話內容。」安琪說道。

「他偷聽妳講話？」莫莉有點不解，沒有原因啊。

「我不清楚是偷聽，還是剛巧經過。但是，他說如果有需要，他可以解決我的燃眉之急。」安琪說道。

「他很慷慨耶。」莫莉點點頭。

「我也以為比爾是個好人。因為我們是同部門，交情不錯。對於他的大方，我很感動，他還說會保守秘密，不讓別人知道。所以，我才放心地向他調頭寸。」安琪不由自主地嘆了一口氣。

「妳也以為，難道有什麼內情嗎？」莫莉問道。

「對，事情峰迴路轉，我還以為在演甄嬛傳還是宮心計呢？」安琪雖然在開玩笑，但聽得出來她真的很不高興。

「聽起來好像很不簡單。」

「是啊！後來，比爾真的信守承諾，馬上提款出來，但是他希望寫借條。」安琪繼續說道。

「不管如何，他願意借你，真的是個好人，雖然這張紙的出現，讓人感覺有點傷感情。尤其，你們感情不是挺好的？」莫莉問道。

「我當下沒想太多，一切照辦。」

「很妙，他都主動借妳，但後面的行為又不合邏輯。還是因為他為人比較謹慎呢？」令人莞爾。

「他為人不只謹慎，還很陰險。」安琪嗤之以鼻地說道。

看來，比爾的幫忙，是有所圖。

心懷不軌，啞口無言

安琪停頓了一下，繼續說道。

「後來，發生了讓我意想不到的事情，我這輩子最丟臉的一天，讓我極度沮喪。是我太單純，還是人心，真的如此可怕。」馬雅有點茫然。

「妳說清楚一點。」莫莉聽得一頭霧水。

「從比爾幫我忙後的隔兩天，我發現辦公室的人看我的神情很不一樣，本來以為自己太敏感，但看到幾個人在聊天時，看到我出現時突然安靜，我就知道事情並不單純。所以，我約

了一個交情不錯的同事中午和我一起共餐，我問她有沒有聽到什麼流言蜚語，她馬上跟我確認，我才知道的真相。」

「什麼真相？」

「比爾拿著我的借據，到處裝可憐，說因為我一直求他，加上心軟，才會借我錢。他不是第一次幫我了，但這次金額比較大，他擔心財務狀況不好，怕錢拿不回來，沒辦法繳房貸，所以很煩惱。」

「他沒有如實陳述，反而顛倒黑白，整個意思都不同，感覺是有目的的破壞妳的名聲。」

「對啊，所以他們看我的眼神，就是擔心我開口跟他們江湖救急。但是我在公司，從來沒有和別人有金錢往來，這次是例外，我有種說不出來的無力感。」

「但是，比爾為何要設局害妳？他沒有必要這麼做。」莫莉不敢相信。

「剛開始我也很納悶，我們是同部門，感情也不錯，兩人之間並沒有齟齬，他沒有理由陷害我。直到那天經裡找我們面談，想從我們當中選出一位當組長，我才如當頭棒喝般，知道原因為何了。他可能早知道這個消息，所以故意讓我名聲不好。」

「人言可畏。尤其是扯上金錢，大家會更反感吧。」莫莉搖搖頭，替安琪擔心。

「是，我真的跳到黃河都洗不清了。」

「妳要不要跟同事解釋一下。」莫莉提出了建議，雖然有點難。

「我有想過，但借據是真，借錢也是真，百口莫辯。」安琪忍不住又哭起來。

「職場每一步都要小心，沒想到看似幫妳的人，背後卻是另有目的。」莫莉拍拍她。

窗戶忽然雷聲大作，雨下得更急了。

設計他人者，人恆設計之

　　職場小人，各有千秋，但是笑到最後的，往往是正直和有實力的人。每每致力於打擊他人，以彰顯自己優勢的人，是無法獲得多高的成就。或許，你跟對方掏心掏肺，無所不談，但對方卻是想著如何推你一把。曾經，看見過一個同事，和大家聊得開懷，未料一轉身，馬上跑去跟主管打小報告，而且還加油添醋，讓人不寒而慄。微笑的背後，隱藏著複雜的心思。你可以單純，但不要過度天真。你可以善良，但不要過度體貼。當個正派的人，將心思放在工作上。因為設計他人者，有天也會成為別人設計的靶子，讓我們拭目以待。

咖啡廳絮語

* 職場是種修羅場，除了能力和學歷，還有一點很重要，就是應對和待人處事能力。

* 爾虞我詐的工作環境，雖然無法做到眼觀四面，耳聽八方，但是起碼工作要盡力完成，聽懂他人的弦外之音。和主管的關係，保持圓融，而和同事之間也能維持融洽。

* 職場小人，各有千秋，但是笑到最後的，往往是正直和有實力的人。每每致力於打擊他人，以彰顯自己優勢的人，是無法獲得多高的成就。

* 你可以單純，但不要過度天真。你可以善良，但不要過度體貼。當個正派的人，將心思放在工作上。

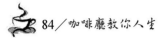

第四篇　喜怒哀樂，來杯咖啡吧

誠實是力量的一種象徵，它顯示着一個人的高度自重和內心的安全感與尊嚴感。

——艾琳·卡瑟

（故事一）吹噓的她

誠實和坦白，是做人的準則之一。唯有誠信，才能獲得他人尊重。如果只是空口白話，久而就之，別人也會看出你的偽裝。即使表面不說，但內心卻是不以為然。行為和言語，或多或少都會透露出不敬。甚至，還會說出一些諷刺的話語。謊言是種毒藥，會上癮的。不管是日常生活，或是工作職場，都不要輕易說謊。一旦失去他人的信任，想要再次讓人相信，難上加難。

吹噓自誇，重點不一

微風徐徐的星期六早上，今天的我，是純粹來喝咖啡，不是來寫作的。

周遭的人們，均顯優閒自在，有人看雜誌、有人用手機、有人輕聲細語的和朋友閒聊。音樂悠揚，咖啡香濃，這真是個讓人心曠神怡的早晨。

這份寧靜，得來不易。

突然，剛進來的一對男女，馬上破壞。

家教老師說話並沒有壓低，甚至高亢，在這有點安靜的咖啡廳，顯得好突兀。聽對談內容，女性是個家教老師，男性是家長，想替十歲的女兒找家教。

「老師您好，我是王先生。電話中提到，我是要幫十歲女兒找家教老師。可以再請您簡單自我介紹嗎？」

「當然。我叫南茜，從事家教十年，教學經驗非常豐富。學生年紀從小學生到上班族都有，我每天課程都滿檔。每個人都很喜歡我的教法，主動找我學習的人很多，所以我很忙碌。還有人願意配合我，可以早上七點來上課，因為信賴我的教學。」南茜一邊說，一邊拿出一個文件夾。

「這麼忙，還有空接其他家教嗎？」家長直指盲點，突然問道。

「當然可以，有人說時間像乳溝，硬擠既可以擠出來了，哈哈哈。」對第一次見面的人而言， 南茜開了一個很不得體的玩笑。

「嗯。可以請詳細說一下教學方式？」家長似乎無法感受南茜的幽默感，單刀直入。

「可以啊，但是要先幫你小小測驗。」南茜拿出一張紙，應該是考卷之類的。

「測驗。我第一次聽說找家教還要做測驗？」家長傻眼，沒有想做測驗的意願。

「其實家長和學生都要進行測驗，但是女兒今天沒來，所以爸爸可以先做。」

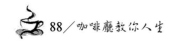

「呵，我想不必了吧。如果我英文好，我就自己教了啊，不是嗎？」家長顯然不太樂意。

「話不能這麼說，英文好和教學好是兩回事。英文強的人並不代表會教。」南茜仍不死心。

「不了。我好幾年沒做過英文題了。」

「既然您堅持，那測驗先不做，等以後有機會再寫好了。現在，請花個幾分鐘做份問卷調查。我問你答就好。」南茜突然換個方式，拿出另外一份資料。

「這個……」

「第一題，請問你英文好嗎？」

這題我都可以替他答，剛剛家長已經說了英文不好。

「我剛說過了。」

「請問女兒幾歲？還有其他兄弟姊妹嗎？」

「十歲。還有兩個哥哥。」

「請問他們都有學習英文都需求嗎？」

「當然有。南茜，這個問卷調查先停一下。我還有其他問題要問妳。」家長聽起來已經有點不耐煩了。

「沒問題，等一下有空再繼續。」

「剛剛問到妳的教學技巧，可以請回答嗎？」我發現他的稱謂由「您」變成了「妳」。

「本人教學技巧就是輕鬆活潑，量身訂做。不過細節不能多說，這是我的秘密武器。放心，我的學生為何比別人多，就是因為我教得好。這點你無庸置疑，只要放心的把女兒交給我，她的成績必然能飛升。」南茜滔滔不絕講完後，但氣氛突然變得異常尷尬。

「還有時間問題，如果妳學生很多，上課時間就被切割了。我擔心妳不能配合我們。」

「不用擔心。我有兩三個學生，最近不學了。所以，我就有足夠時間教貴千金了。」

「可以說明不學的原因嗎？」

南茜神情一變，隨即恢復泰然自若。「其實，正確來說是因為我覺得他們態度不好，決定不教他們了。我會挑學生喔，不是每個學生我都收。我是覺得你很有氣質，女兒想必家教也很好。」

這個彩虹屁，連我都傻眼了。

言語迂迴，就是不答

男家長表情雖然微笑，但不自然地移動一下身體。

「對了，最後一個問題，就是妳的家教費用。」

「我教學經驗豐富，所以家教費用不是市面一般的行情。但是我家教費用很實在，不會漫天開價。畢竟拿香蕉也只請得到猴子，不是嗎？」南茜自信爆棚。

「這又是什麼哏？所以，家教費用是……」

「我們先不提家教費用。請問，女兒英文進步重要，還是費用重要？」南茜又不直接回答，再度使用迂迴戰術。

「當然是前者。」家長回答。

「觀念正確。所以，要先知道老師的優點和價值，才能決定這家教費用是否值得。」南茜說道。

「但是如果太貴，我還是要考慮吧。」

「我說過了，以我的教學經驗，這家教費用絕對值得。聽說讀寫各方面都可以，只要請一個家教，價值勝過請兩個以上的老師。」

「道理我懂。我想先知道妳的家教費用，才能決定是否要繼續詳談。」

「家教費用一小時一千元以下，如果哥哥一起上課，我可以打九折。如果方便，可用預繳方式。」這家教費用真的很不平民。

聽完家教費用後，家長似乎想結束這個話題，正當要開口時，南茜打斷他的話。

「還有，我除了對於教學品質很注意，學生態度也很重要。我不能接受一天打魚，三天曬網的學生。英文要學得好，時間不能少。所以，我規劃一星期上四次課以上，每次兩小時。」這時間和費用，一般人應該很難接受。

「我大概了解了。」家長突然看看手表，我猜他準備離開了。

果然，家長換了話題說道：「對了，我現在要去接我女兒，如果有進一步的消息，我會再通知妳，謝謝。」

「您要去接女兒，這樣太好了。我可以搭你的便車，順便把這些測驗帶過去，讓你女兒可以順便測驗一下，看看她的程度。」南茜不想放棄，繼續保握機會，積極又主動。

「謝謝妳的好意，但是我們還有事情。」

「這個測驗只要十分鐘，不影響你們的行程。還有什麼事情比起女兒學英文還要重要？」

很配服南茜的精神。

「謝謝。這杯咖啡我請妳，如果有需要，我再打給妳。」家長不等南茜反應，秒拿走公事包和帳單，直接往櫃台走去。

真誠，最高級的技巧

真誠是讓人容易親近原因之一。謙虛的人，會讓人產生好感。反之，則讓人反感。過多的誇耀，不但達不到目的，還會

讓人產生厭惡之情。回答問題時，如果不正面回答，使用避而不答或是答非所問，可能會讓對方失去耐性，出現負面情緒。有時候，給人真誠的感覺，勝過花言巧語，不會讓人覺得華而不實，而是實在可靠。太多的自誇或閃避，都是讓對方逃之夭夭的行為，請小心為上。

咖啡廳絮語

* 誠實是力量的一種象徵，它顯示着一個人的高度自重和內心的安全感與尊嚴感。——艾琳·卡瑟

* 謊言是種毒藥，會上癮的。不管是日常生活，或是工作職場，都不要輕易說謊。一旦失去他人的信任，想要再次讓人相信，難上加難。

* 真誠是讓人容易親近原因之一。謙虛的人，會讓人產生好感。反之，則讓人反感。

* 過多的誇耀，不但達不到目的，還會讓人產生厭惡之情。回答問題時，如果不正面回答，使用避而不答或是答非所問，可能會讓對方失去耐性，出現負面情緒。

（故事二）優雅的假面

一個人不會只有一面，面對不同人，會有不同的反應。

面對同事、面對朋友、面對父母、面對不熟悉人，反應不可能一樣。如果都一樣，反而讓人覺得奇怪。有一種極端的人，透過演戲和假象，塑造出一種讓人喜愛的人物，來欺騙未曾謀

面的人，陷入一種他們製造出來的甜美氛圍，讓對方懷有羅曼蒂克的想像，藉此獲得他們的虛榮心或成就感。譬如假裝自己是個成功人士，讓對方產生愛慕之情。然而，這種人無法露面，只能透過電話另一端，享受被人崇拜和喜愛的快感。感情不是遊戲，要真心相對，否則，後果可能是你無法承受。

優雅？油壓？讓人傻眼

天晴氣朗，但我的心情陰鬱。

今天的效率不好，因為有個人，在我面前示範演員的誕生。

剛開始我並未注意，但耳邊傳來低沉醇厚的聲音，和電話那頭的人「談情說愛」，讓我無法專心。

我索性關掉電腦，讓自己休息一下，順便欣賞一下這間咖啡廳的復古的擺設和裝潢。

我一抬頭，看到的性感聲音的主人。

體重爆表、身高略矮、一臉油頭，身上穿了一件梅乾菜般的襯衫和半短褲，拖鞋晃來晃去，讓人頭疼。他露出沉醉的表情，和電話那頭的人「打情罵俏」。

但我記得他剛剛形容自己的文字，和真正的他完全相反。

「我覺得我們聊久一點再出來見面，我是個很重視感覺的人，不重視女孩的外表。雖然沒看過妳，但聽妳的聲音和談吐，

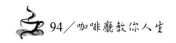
可以感覺妳是很有氣質的人。如果我們真的很熟了，出來見面才不會尷尬。呵呵呵。」油頭王子，露出自以為迷人的笑。

聽到他虛假的笑聲，我竟然忍不住也跟著笑了出來。

油頭男結束電話後，周遭突然變得安靜。

當我準備打開電腦，他突然又撥了另外一通電話。

「嗨，我是喬伊，剛剛收到妳的照片，果然人如其名。我覺得我們昨晚聊得很開心，所以冒昧的打電話給妳。現在在忙嗎？」

原來他叫喬伊。

「⋯⋯」電話那頭似乎在問問題。

「我現在啊，在咖啡廳等客戶，等等要討論設計裝潢的案子。你知道我的職業是設計師啊，審美觀很好。當然對於自己的外表，也不會馬虎。所以，有人叫我型男或雅痞男。」

媽呀，油男還比較適合。

他竟然公然撒謊。

「⋯⋯」

「今天嗎？我穿西裝，因為等會要談案子，所以不能太隨便，要讓對方留下好印象。」

「⋯⋯」

「我身材高大，西裝很適合我。除了衣服，公事包和手表我也很注重的，我不會隨便拿個包包就出門，我都戴機械表，不是崇尚名牌，而是個人品味。」他洋洋得意地瞎扯。

我看了他手上的卡通表和放在椅子上，髒得可以的袋子。

我低頭噗哧一笑。

造謠不用成本，吹牛不打草稿。

「……」

「好巧，妳住的地方離咖啡廳不遠耶。」

突然，旁邊另外一個講電話的人突然大聲地說：「對，我現在在《音符咖啡館》等你，你馬上來。」音量之大，我懷疑他是故意的，但我沒有證據。

「不是這間咖啡廳，妳聽錯了！」喬伊似乎嚇了一跳，連忙否認。

「……」

「妳的聲音也很甜美。不好意思，現在客戶來了，晚點再跟妳聊。好好，想妳喔。」喬伊男連忙掛掉電話。

意外的訪客，揭開假面

不知道是因為聊天太累，還是剛剛被嚇到，喬伊開始用電腦，沒再打電話，休息了約一小時，咖啡廳也清靜了一陣子。

養精蓄銳後，他又撥打電話。

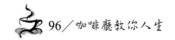

台詞都差不多，都和事實不合。

幾分鐘前，我發現有個女孩走進咖啡廳，其實空桌不少，但這女孩一來就走到油頭男背後，靜靜地觀察他。

她喝著咖啡，眼神都沒離開過油頭男。

「對啊，我對另一半要求比較嚴格，可能我對自己要求完美吧……」喬伊這次的謊言簡直到達顛峰，一個連頭都不洗的人，對自己還有啥嚴格的要求呢？

「……」

「謝謝，妳的聲音也很清脆。妳生日嗎？妳再想想妳生日要什麼禮物，只要五位數以內，我都沒問題。因為我比較重視品味，所以禮物方面也要精挑細選，讓妳滿意。」喬伊真的可以當編劇了。

「……」

「外表？我不在乎對方外表，只在乎感覺。但希望另外一半要有學識，起碼不能太邋遢，因為我有點潔癖。」

「不是潔癖，是放屁。」剛剛坐在他背後觀察他的女子，突然叫道。

咖啡廳的人，眼光都聚集在她身上。

喬伊轉頭過來，表情慍怒，「妳說什麼？」

「我說你放屁，滿口謊言，身材一百八，有品味的設計師喬伊。」

「我再和妳聯絡。」喬伊連忙掛掉電話。

「我是剛剛和你通話的小蘋果，我聽到電話中有人提到《音符咖啡》，再加上你說離我家很近。我就來碰碰運氣。」

喬伊啞口無言，因為緊張而冒汗，這樣一來，頭髮看起來更油了。

「果然網路都是虛假，我總算見識到了。你從頭到尾都沒說真話，還好我機智，否則還被你騙得團團轉。

「妳聽我解釋。」喬伊還想轉回來。

「我們還是別再見了。對了，有空先洗個頭吧。」小蘋果說完，便往門口走去。

喬伊也起身準備離開，因為太丟臉了。

店員突然叫住他。

「先生，我們店裡有低消喔，請你到櫃台點餐。」

「改天吧。」喬伊朝門口跑去，拖鞋還掉了一只，狼狽又難堪。

愛情，不是遊戲

記得有部電影《愛情謊言》，內容是敘述咖啡店打工的男主角，暗戀常來店裡光顧的女學生，女大學生主修文學，對於書籍有見解。有天男主角偶然發現一部小說的手稿，他竟然對女孩撒謊，他是這本小說的作者。女孩非常喜愛這本書，進而

佩服男主的才華，有天女大學生偷偷把手稿寄給出版社，這本書竟然成為暢銷書。男主角該如何向女主角坦承說謊，才能讓結局圓滿，這真的需要智慧。愛情，是誠摯和美好的。一段充滿謊言的感情，終究也會因為謊言而結束。唯有真心真意，才能體會愛情的真善美。

咖啡廳絮語

* 面對同事、面對朋友、面對父母、面對不熟悉人，反應不可能一樣。如果都一樣，反而讓人覺得奇怪。

* 有一種極端的人，透過演戲和假象，塑造出一種讓人喜愛的人物，來欺騙未曾謀面的人，陷入一種他們製造出來的甜美氛圍，讓對方懷有羅曼蒂克的想像，藉此獲得他們的虛榮心或成就感。

* 感情不是遊戲，要真心相對，否則，後果可能是你無法承受。

* 愛情，是誠摯和美好的。一段充滿謊言的感情，終究也會因為謊言而結束。唯有真心真意，才能體會愛情的真善美。

（故事三）變調的詩詞歌賦

羅素名言之一：「一個明智地追求快樂的人，除了培養生活賴以支撐的主要興趣之外，總得設法培養其他許多閒情逸致。」興趣可以增加人們生活的樂趣，讓乏味變得趣味，並且變得更加充實。沒有興趣的人，容易覺得乏味和無趣，因此無

形中少了許多快樂。如果，找到志同道合的人，遇到和你興趣相同，一起聊天，一起討論，即使一個話題，都可以聊上許久。這種人是幸運的，畢竟在茫茫人海中，找到了解自己的知己和好友，非常難得。

志同道合，時間美好

第一次見到戴福和里歐，是在一個下雨的傍晚。

兩人坐在我旁邊的位置，兩人興高采烈的討論詩詞和藝術。

由於這間咖啡廳的位置比較靠近，我聽得很清楚兩人的交談，勾起我的「文學」之心。

雖然很想加入，但我們畢竟素昧平生，深怕遭到他們的拒絕。

他們聊的範圍很廣，詩詞，散文，和外國的文學作品，都能講得津津有味。兩個人都言之有物，甚至還有拿出資料，輔助說明。

後來，在咖啡廳見過他們幾次，每次話題都是「文學」。

有次，當他們提到《傲慢與偏見》時，我差點就插話，我太喜歡這本書了，電影每一版本更是沒錯過。然而，我還是覺得太冒昧，而遲遲未開手，或許再等一下吧。 平常，我很少主動和其他人講話，除非有必要。畢竟來咖啡廳，只想安安靜靜，

怡然自得地寫作。然而，生活中能找到興趣相同的人並不多，尤其他們喜歡書類型和我的愛好差不多。

不喜歡文學的人，可能覺得這兩個人的話題很無趣，不知道該如何下手。相反的，喜歡文學的人，會對他們的話題，興致勃勃。

「里歐，我等一下還要去看電影，所以要先結束今天的聚會，今天就聊到這裡。」身穿西裝的男子說道。

「哇，我們已經聊了一小時了。那下次何時聚會，戴福？」這個叫里歐的，戴副黑框眼鏡，身穿格紋襯衫和牛仔褲。

「我覺得這間咖啡廳不錯，我們這星期五下午七點就在這裡聚會吧。」

「好。七點見，不見不散喔。」

我記住時間，到時候，我會再來這間咖啡廳等候。

知己難尋，知音難得啊！

到時候，我要帶幾本我喜歡的書籍，說不定可以一起討論。

不過，第二次我還是沒開口，因為這次他們討論的是動漫。

沒想到，戴福突然注意到我桌上的書，他開心地問道：「妳也喜歡這本書啊？」

「是啊，非常喜歡。」沒想到，竟然是戴福主動問我問題。

驚不驚喜？意不意外？

既然對方主動問我，我自然而然的接話。

「不好意思，因為我發現在這間咖啡廳看過妳幾次，每次都在打電腦，妳是創作者嗎？」

「對。」對於工作，我點到為止，沒有深談的意願。

「那妳應該也看了不少書吧。」里歐問道。

「對啊，我很喜愛書籍。」

聊了幾分鐘後，發現他們很友善，而且想法很寬廣，並不會固執己見，不聽別人的意見。

而且，他們對於書籍的熱愛，甚至超過我。他們還會畫重點，寫書評，並且針對書的重點，提出個人見解和問題，有時還會開啟辯論模式，討論的好不熱鬧。

很開心也很特別的一次聊天。

友誼小船，說翻就翻

戴福看看手錶，表示要離開了。

他突然問我：「我們下次詩詞聚會是下週二晚上七點，妳要加入嗎？」

「可能沒辦法，因為我晚上和人有約。」我表示無法參加。和人有約是事實，但因為他們還有規定要看兩本書，要寫下佳句、書評、以及問題。對我來說，可能要花不少時間，我這週有稿件要交，沒辦法花這麼多時間，這也是原因之一。

「反正我們最近都會在這間咖啡廳，時間都是星期二和星期五七點之後，如果妳有時間，歡迎加入討論。」戴福親切地說明。

「戴福，我剛發現我有個論點還沒說完，我想要補充一下。」里歐的眼神閃過一絲冷漠和不耐，我並沒有錯過。

這勾起我的好奇心。

兩個星期後，我再度在咖啡廳遇到他們，大部分時間都是聽他們交談，偶爾才會加入我的意見。過程中，我特別注意里歐的神情。或許那種眼神是天生，又或許有其他原因。

有人說過多的好奇心，對於研究學問上，幫助不小。但在其他方面，尤其人際關係上，請盡量避免。但天生敏銳的我，卻想探究原因。

戴福的眼神炯炯有神，發表意見有理有據，看得出他對書籍的熱愛，絕對自信的表現，時散發出一種獨特魅力。高爾基曾言：「只有滿懷自信的人，能在任何地方都懷有自信，沉浸在生活中，並認識自己的意志。」這種人在任何場合，都是個迷人的存在。

里歐發表時，內容也是很豐富，不過明顯自信較少。當戴福提出不一樣的想法時，里歐有點欲言又止，沒幾句話就欣然同意。尤其，他的眼神，閃閃發光，看得出來他在聊天時，熱切又很感興趣。

突然，我發現兩人之間的不同。里歐的眼神，幾乎都追隨戴福，即使我發言時，他看了我一眼隨即悄悄又回到戴福身上。

雖然不是明目張膽，卻逃不過我的雙眼。之前學過心理學，有些動作和微表情，都有其意義。

下星期我又參加了一次詩詞聚會，我心中確定，里歐對於戴福，除了好朋友的情誼，對他崇拜、欣賞、喜愛等等，然而這分喜愛是有粉紅色泡泡。

戴福看不見，里歐也試圖隱藏。

這也解釋了，里歐那天的眼神，和這兩次聚會時，對我產生的一絲敵意和冷淡。我還是揮一揮衣袖，繼續創作，只帶走一杯咖啡。

情感有很多元，不是只能狹隘地分成愛情、親情、友情，如果能夠在自己覺得愜意的範圍內，品嘗這分曖昧的存在，在人生中，或許也是種深層的甜蜜。

距離上次的聚會，已經有二三個月了。

之後我到其他沒去過的咖啡廳，有一陣子都沒回到這裡。

某個星期五的傍晚，剛交完文稿。突然想到他們二五的聚會，心血來潮，於是回去看看，說不定能碰到他們。

抵達時已經七點多了，里歐一個人坐在他們固定的位置，兩眼無神的看著前方。

「里歐，好久不見。」我跟他打了聲招呼。

「是啊！請坐。」里歐示意我坐下。

只是來看看，打聲招呼，本想拒絕，但是當我看到他哀傷的眼神，我還是無法拒絕。

「戴福還沒來嗎？」我大概猜出來答案。

「嗯嗯。他可能不會再來了。」里歐說道。

「是因為你真情流露了嗎？」由於只是猜測，我並不敢直接詢問。

里歐震驚地看了我一眼，眼神複雜，情緒翻轉。「妳怎麼發現的？」

「眼神，是騙不了人，無法隱藏的。」感情也一樣。

於是，里歐跟我敘述這幾個月發生的事情，或許他真需要一個抒發對象，又或許他像塊水中的浮木，到處漂流，無所適從。

這幾個月裡，兩人依舊維持一週兩次的聚會。里歐發現，這兩天是他一星期中最開心又喜悅的日子。他知道，他對戴福已經超過崇拜和喜歡，近乎一種愛。

為了戴福，他努力準備討論的內容，寫評語，因為不想讓他覺得自己不夠格和他聊天。這種為了某個人努力的甜蜜，是無法言喻的。

戴福那天突然提到辦公室有個來了不久的女職員，兩人挺有話聊，常幫他買咖啡，為人很熱心，常打電話跟他討論工作。對方是中文系的，表示想加入我們的聚會。

里歐直覺對方對戴福有好感，當然不願意讓他加入。在討論的過程中，里歐一時氣急攻心，跟戴福說道：「我希望這個聚會只屬於我們兩個人，永遠。」

戴福疑惑問道：「為什麼？」

里歐情緒激動，失去理智的告白，「因為我喜歡你，不是朋友之間的喜歡。你感覺不出來嗎？」

可以想見戴福的訝異，他久久無法言語。過了幾分鐘，戴福突然站起來，然後跟里歐告別。

「這是什麼時候的事情？」我問道。

「上星期二。他這星期二沒有來，我心裡有素。但我仍希望他星期五能出現，所以我還是來了。」

「你要不要傳個簡訊通知他？」

「不了，如果他想來，自然會來。」

我能體諒里歐的心情，只能陪著他坐著，聽他抒發心情，並給予安慰。里歐對戴福，真的愛的深沉。他用心將這波濤洶湧的情誼，壓抑成潺潺流水，不讓對方發　絕，只是，愛又怎麼隱藏的住呢？

我由於晚上有個朋友的生日會，不得已只好離開，看他落寞的神情，真的讓人於心不忍。

「我很感激妳能理解我的情感，沒用道德評判。這幾天，我心情真糟透了，沒有人可以訴說。現在，我感覺好多了，真的謝謝妳。」里歐露出誠摯地微笑。

我點點頭。

感情沒有絕對，只有適合或不適合。

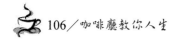

感情，沒有對與錯

「曾經相遇，曾經相愛，曾經在彼此的生命光照，就記取那份美好，那份甜蜜。雖然無緣，也是無憾。」記得杏林子老師這段話非常有意義。相遇是緣分，相愛是緣分加上天時地利人和等等因素。愛情本身並沒有對與錯，只是可能因為時間，場合或是其他原因，造成了不同的結果。感情，仍然是值得期待，適不適合，心裡清楚。相信感情的美好，傾聽自己的心意，感受生命的真諦，珍惜眼前的人物。只要真心，緣分不會辜負你的。

咖啡廳絮語

* 羅素名言之一：「一個明智地追求快樂的人，除了培養生活賴以支撐的主要興趣之外，總得設法培養其他許多閒情逸致。」

* 找到志同道合的人，遇到和你興趣相同，一起聊天，一起討論，即使一個話題，都可以聊上許久。

* 「曾經相遇，曾經相愛，曾經在彼此的生命光照，就記取那份美好，那份甜蜜。雖然無緣，也是無憾。」

* 感情，仍然是值得期待，適不適合，心裡清楚。相信感情的美好，傾聽自己的心意，感受生命的真諦，珍惜眼前的人物。

國家圖書館出版品預行編目資料

咖啡廳教你人生／雪倫湖 著.—初版.—
　臺中市：天空數位圖書　2020.03
　面：公分
　ISBN：978-957-9119-73-3（平裝）

863.57　　　　　　　　　　109004092

發　行　人：蔡秀美
出　版　者：天空數位圖書有限公司
作　　　者：雪倫湖
校　　　對：容飛
製　作　公　司：亦臻有限公司
　　　　　　　　新展能有限公司
版　面　編　輯：採編組
美　工　設　計：設計組
出　版　日　期：2020 年 03 月（初版）
銀　行　名　稱：合作金庫銀行南台中分行
銀　行　帳　戶：天空數位圖書有限公司
銀　行　帳　號：006-1070717811498
郵　政　帳　戶：天空數位圖書有限公司
劃　撥　帳　號：22670142
定　　　價：新台 250 元整
電子書發明專利第 I 306564 號

Family Sky

紙本書編輯印刷：
電子書編輯製作：
天空數位圖書公司 E-mail：familysky@familysky.com.tw　http://www.familysky.com.tw/
地址：40255台中市南區忠明南路787號30F國王大樓　Tel：04-22623893　Fax：04-22623863